中國語言文字研究輯刊

十 三 編

許 錟 輝 主編

第 7 冊

裴韻音系比較研究（上）

歐 陽 榮 苑 著

花木蘭文化事業有限公司

國家圖書館出版品預行編目資料

裴韻音系比較研究（上）／歐陽榮苑 著 — 初版 — 新北市：

花木蘭文化事業有限公司，2017〔民 106〕

目 4+188 面；21×29.7 公分

（中國語言文字研究輯刊 十三編；第 7 冊）

ISBN 978-986-485-232-1（精裝）

1. 聲韻學 2. 漢語

802.08   106014701

ISBN-978-986-485-232-1

9 789864 852321

中國語言文字研究輯刊

十三編　　第 七 冊　　　　　ISBN：978-986-485-232-1

裴韻音系比較研究（上）

作　　者　歐陽榮苑
主　　編　許錟輝
總 編 輯　杜潔祥
副總編輯　楊嘉樂
編　　輯　許郁翎、王　筑　美術編輯　陳逸婷
出　　版　花木蘭文化事業有限公司
社　　長　高小娟
聯絡地址　235 新北市中和區中安街七二號十三樓
　　　　　電話：02-2923-1455 ／傳眞：02-2923-1452
網　　址　http://www.huamulan.tw 信箱 hml810518@gmail.com
印　　刷　普羅文化出版廣告事業
初　　版　2017 年 9 月
全書字數　180139 字
定　　價　十三編 11 冊（精裝）　台幣 28,000 元

裴韻音系比較研究(上)

歐陽榮苑　著

作者簡介

　　歐陽榮苑，女，1971 年 8 月生。新疆財經大學中國語言學院副教授。2010 年畢業於首都師範大學文學院，師從馮蒸先生，學習音韻學，獲文學博士學位，主要研究方向漢語史、漢語音韻學。研究工作亦涉及古籍整理、對外漢語教學、雙語教學，亦指導學生的古典詩詞吟唱、經典研習。

　　近年來發表音韻學相關論文有：《裴務齊正字本〈刊謬補缺切韻〉的性質》，河南社會科學，2010 年 11 月；《裴務齊正字本〈刊謬補缺切韻〉的反切上字》，語言研究，2010 年 7 月；《〈裴韻〉〈王三〉重紐反切之比較》，漢字文化，2014 年 8 月；《裴務齊正字本〈刊謬補缺切韻〉反切下字反映的時音》，語言研究，2016 年 7 月；《裴務齊正字本〈刊謬補缺切韻〉的特殊反切下字》，語言與翻譯，2016 年 8 月。主持完成課題：教育部青年基金項目《裴務齊正字本〈刊謬補缺切韻〉》與《切韻》諸本韻書音系比較研究（11XJJC740002）。

提　要

　　《裴務齊正字本〈刊謬補缺切韻〉》的體例、韻目名稱與其他《切韻》殘卷都頗爲不同。本文著力全面描寫《裴韻》的音系，揭示其音韻特點。對《裴韻》音切做窮盡式研究，列出單字音表，展示音類區別和音系結構，構擬音值。與《王三》、《唐韻》等切韻系韻書作比較，揭示音類特點。証明《裴韻》音系的同質性，即《裴韻》音系是一個內部結構完整的音系。

　　我們整理得到裴韻聲類 51 個，聲母 36 個，韻類 355 個，歸納成韻母 137 個。

　　《裴韻》反切上字的用字特點有：

　　反切上字嚴密有序，自成系統；反切上字用字固定，還有一批獨特的反切上字用字；尤其是重紐反切的上字跟被切字形成嚴密的「類相關」關係；《裴韻》的「類隔」切等少數反切上字，反映了時音變化，其類別跟《王三》和《唐韻》不同。

　　韻母方面，一些字歸韻有自己特點。《裴韻》與《切韻》系諸本韻書反切下字不同、韻類不同的切語，涉及 31 個韻部，37 個反切下字，特殊的語音情況有：反切下字不同韻混用；繫聯韻類有別；反切下字韻部不同；開、合口不同。

　　這些反切下字大部分是《裴韻》獨有的，《王一》、《王三》、《唐韻》中截然分立的韻，在《裴韻》中卻出現相混的現象。《裴韻》重紐反切下字分類與重紐 A、B 類之間關係情形與《王三》和《廣韻》的情形一致。據此我們推知，《裴韻》反切下字存在兩個音系層次，一個是與《王三》一樣承襲了《切韻》的音系；一個是當時當地的時音方音。

目
次

第 1 章　緒　論

1.1　《裴務齊正字本刊謬補缺切韻》的版本及相關韻書

　　《裴務齊正字本〈刊謬補闕切韻〉》由羅振玉、王國維等在民國九或十年發現於清室故宮，因此最早有故宮本《王仁昫刊謬補闕切韻》之稱。此書發現之後，流傳出兩種版本，一種是由唐蘭先生仿寫，稱作上虞羅氏印唐蘭仿寫本，書名爲《內府藏唐寫本刊謬補闕切韻》，收藏於臺灣中央研究院傅斯年圖書館；另一種是延光室據原物影照的本子，一份藏羅振玉，一份藏當時北京大學。後人簡稱「故宮本」或「內府本」。因爲書末頁有明萬曆壬午項元汴題跋文字，此書又稱「項跋本王韻」。1935 年，劉復、魏建功、羅常培編纂《十韻彙編》收入此本，將其視爲《王仁昫刊謬補缺切韻》的第二種，簡稱「王二」。至此，此本一直被看作是《王仁昫刊謬補缺切韻》的一種寫本。1983 年，中華書局出版周祖謨先生的《唐五代韻書集存》上、下兩冊，是對唐五代時期韻書搜採最爲完備、考訂最爲精審的集大成之作。其中收錄「王二」，並重新定名爲《裴務齊正字本〈刊謬補闕切韻〉》。1994 年，周書由臺灣學生書局重印，增加了俄羅斯科學院東方學研究所所藏的《箋注本切韻》、《唐韻》殘葉三件，更見全備。周祖謨先生在前人研究的基礎上，把這些大多殘缺不全、沒有書名、沒有著者姓名的韻書材料劃歸爲七類：（1）陸法言《切韻》的傳

寫本；（2）箋注本《切韻》；（3）增訓加字本《切韻》；（4）王仁昫《刊謬補缺切韻》；（5）裴務齊正字本《刊謬補缺切韻》；（6）《唐韻》殘本；（7）五代本韻書。將裴務齊正字本《刊謬補缺切韻》與另外兩種唐寫本《王仁昫刊謬補缺切韻》區別開來，單獨立爲一大類，周氏認爲「這是根據長孫訥言箋注本《切韻》和《王仁昫刊謬補缺切韻》等書編錄的一部韻書，分韻爲一百九十五韻，但韻目的名稱和次第大有變革，在字的歸韻方面也與《王韻》有不同，所以作爲另外一類。」〔註1〕可見其獨特地位。本文亦持此觀點，採用《裴務齊正字本〈刊謬補闕切韻〉》書名，並以《唐五代韻書集存》所錄此書爲研究底本，以下爲行文方便簡稱《裴韻》。

音韻學界一般把《裴務齊正字本〈刊謬補闕切韻〉》看作是切韻系韻書的一種，是《切韻》殘卷本之一。迄今發現的切韻韻書殘卷藏本頗多，散落在海內外，據臺灣學者葉鍵得在其專著《〈十韻彙編〉研究》中統計，一共有五十四種〔註2〕。與《裴務齊正字本〈刊謬補闕切韻〉》相關的切韻系韻書主要有四類：1.《王仁昫刊謬補缺切韻》。2. 箋注本《切韻》和《切韻》殘片。3.《唐韻》。4.《廣韻》。

《王仁昫刊謬補缺切韻》的兩種唐寫本，一爲《王一》，發現於敦煌，流失海外，藏於法國巴黎國民圖書館，編號 P2011，是殘卷；另一種稱《王三》，在《裴韻》之後發現於故宮，是唐寫全本《王仁昫刊謬補缺切韻》，現仍藏於北京故宮博物院，原卷書尾有明洪武間宋濂跋，簡稱《全王》或《王三》。

箋注本切韻主要有三種，第一種編號 S2071，藏於倫敦，魏建功、羅常培先生的《十韻彙編》〔註3〕簡稱《切三》或《箋一》；第二種編號 S2055，藏於倫敦博物院，《十韻彙編》簡稱《切二》或《箋二》；箋注本切韻殘片 P3693、P3694、P3696，藏於巴黎國家圖書館，殘片 S6176，據周祖謨先生考證，四頁是同一部書，簡稱《箋三》。另外還有一種比較重要的切韻，《十韻彙編》稱爲《切一》，分別藏於英法，編號 S2683，頁 4917。

〔註1〕周祖謨，《唐五代韻書集存》（上），中華書局，1983年，第4頁。

〔註2〕葉鍵得，《十韻彙編研究》，臺灣學生書局，1988年，第4頁。

〔註3〕魏建功、羅常培，《十韻彙編》，北京大學文史叢刊第五種，臺灣學生書局影印本，
　　　1963年。

《唐韻》是《切韻》之後對唐人影響較大的一部韻書，《唐韻》作者孫愐，原本早已亡佚，據王國維先生考證推斷，《唐韻》有兩種版本，一是開元本，一是天寶本。〔註4〕唐蘭先生的看法是開元本爲孫愐撰作，天寶本非孫愐所作。今見《唐韻》的唐寫本殘卷，稱「蔣藏本」《唐韻》，爲近人蔣斧所收藏，僅存去、入兩部分。也有學者借助於大徐本《說文解字》的反切來考察《唐韻》的聲韻系統，但是根據嚴學宭的研究，大徐本的反切與《唐韻》的反切有所不同。〔註5〕

《唐韻》的前身是《切韻》，《唐韻》是《廣韻》的前身，因此，從韻書傳承關係看，《廣韻》其實也是《切韻》的一種增訂本。關於《廣韻》的版本流佈情況，韓國學者朴現圭、朴貞玉著有《廣韻版本攷》，論述詳密。〔註6〕

1.2 前人研究綜述

前人對《裴韻》的研究主要分兩個方面，一是文獻的研究，一是音系的研究。大多數學者對《裴韻》的研究都停留在文獻學的角度，關於《裴韻》反切的語音特點有初步的揭示，但對其語音系統的全面整理還沒有人做過。

1.2.1 文獻研究

在存世的《切韻》系韻書中，《裴韻》是比較特殊的，它的體例、它的韻目名稱與其他《切韻》殘卷都頗爲不同，引人注目。《裴韻》的卷首附有字樣，其他韻書沒有此例，注文是三行加注，韻目用字和韻目次序也與陸法言《切韻》有別，前人研究多認爲是由多個傳本拼湊而成。

對《裴韻》做過研究的中國學者有，王國維、魏建功、方竑、厲鼎煃、方國瑜、陸志韋、蔣經邦、姜亮夫、潘重規、周祖謨、葉鍵得、林炯陽、陳貴麟等，其中葉鍵得、林炯陽、陳貴麟爲臺灣學者。日本學者主要有上田正等。研究內容和所得成果主要集中在以下幾個方面：

〔註4〕王國維，《書吳縣蔣氏藏唐寫本唐韻後》，《觀堂集林》第八卷，中華書局，2004年。

〔註5〕嚴學宭，《大徐本說文反切的音系》，《國學季刊》1936年6卷1期：45～143。

〔註6〕朴現圭、朴貞玉，《廣韻版本攷》，臺北學海出版1986年7月出版。

1.2.1.1 關於《裴韻》的內容來源

　　學者們大都認爲《裴韻》是拼湊的本子，但是各家對於拼湊的成分看法尚存歧義。有以下幾種說法：

1.2.1.1.1 二家拼湊說

　　最早提出此說的是王國維，在《書內府所藏王仁昫刊謬補缺切韻後》文中主張此書是王仁昫用長孫訥言與裴務齊兩家所注陸法言《切韻》重新修訂的。依據是此卷首有王仁昫撰、長孫訥言注、裴務齊正字和字樣，有王仁昫序和長孫訥言序。

　　周祖謨對此提出不同的看法，主張《裴韻》「絕不是王仁昫用長孫、裴務齊兩家來重修的，而是某家用長孫、王仁昫等書增補改編的。」〔註7〕周氏論証有7條，摘錄如下：〔註8〕

　　（1）王仁昫書因據陸法言書增修，所以卷首只有自序和陸法言序，沒有長孫訥言序。本書不載陸序，而在王仁昫序以外有長孫訥言序，且在兩篇序文之上又以朱筆標明「王仁昫序」、「長孫序」，可見此書非王仁昫原著。

　　（2）本書「嚴」韻有上去二聲韻目，全書共爲一百九十五韻，與王韻同，但韻目的名稱和次第與王韻不同的很多。

　　（3）本書各卷體例並不一致。平聲一韻目多、脂、眞、臻四韻下有小注。上、去、入三聲韻目下都沒有注文。平聲東、多、鍾、江、支、脂、之七韻內每紐第一字下大都是以反切、字數和本字的訓解爲序，只有少數字下訓解列在反切之前，而平聲其他各韻以及上去入三聲都是訓解次于反切之後，末尾注明字數。以反切、字數、訓解爲序是從長孫箋注的格式演變而來的。因爲陸法言原書很多字下只有反切和字數，而沒有訓解，後來增修的書就把訓解補在字數之後。至於訓解次于反切與字數之間，那就是王仁昫書的體例了。兩者各有所承，體例不同。再從標出字數的方法來看，上述的平聲七韻一紐之內有加字的一律注明「幾加幾」，平聲其他各韻和上去入三聲諸韻都只有一個數目，不分別原有字數和加字字數。言「幾加幾」的是長孫箋注一類書的辦法，不言「幾加幾」的是王仁昫書的辦法。王韻加字本作朱書，所以記字

〔註7〕周祖謨，《唐五代韻書集存》（下），中華書局，1983年，第898頁。

〔註8〕同上，第896頁。

數時不再稱「幾加幾」。據此可知本書不是純粹的一種體例，平聲東、冬等七韻與其他部分不同。

（4）全書平上去入各韻小紐收字數目與王韻相比，情況各有不同。平聲東、冬等七韻收字特多，其他各韻也比王韻稍有增加，而去入兩卷反倒少得很多。惟有上聲一卷與王韻最爲相近。這種差異表明本書各卷來源不同。

（5）本書與王韻並不全同。即以上聲而論，上聲收字雖然與王韻接近，但反切仍然與王韻有差異。例如本書董韻「動」字音徒揔反，王韻作徒孔反；腫韻「霯」字音方勇反，王韻作方奉反；講韻「倗」字音莫項反，王韻作武項反；紙韻「婢」字音避尒反，王韻作便俾反；如此之類尙多。足見本書作者非王仁昫。

（6）本書除韻次和韻目名稱與陸韻、王韻有不同以外，還有一些字的歸韻不同於陸韻或王韻。即如《切韻》尾韻「豈」、「𠩥」、「幾」三紐本書都歸入止韻，琰韻「險」、「貶」、「顩」、「儼」、「㑁」、「撿」、「奄」七紐本書都歸入廣韻，有韻「婦」、「缶」兩紐韻本書都歸入厚韻，王韻去聲梵韻「劍」、「欠」、「俺」三紐本書列入去聲嚴韻。入聲麥韻「碧」字本書列入格韻。這些都表明本書在王韻之後，對王韻有因有革。

（7）在注釋方面，平聲東、冬等七韻最爲詳細，而且有案語，注釋與箋注本二相近。所引字書和訓詁書有《爾雅》、《說文》、《方言》、《字林》、《博雅》、《字書》、《漢書音義》等書。平聲其他各韻注釋則比較簡略，既無案語，也很少引及各種字書，只有幾處注明出《說文》或《方言》。去聲的注釋近於平聲東、冬七韻，訓釋詳細，並有案語。注釋與箋注本三相近。入聲的注釋雖不如去聲那樣多，間或也引及《爾雅》、《說文》、《方言》、《字林》。惟有上聲一卷注釋近於王韻，字形字音較詳，而訓釋較略。

周祖謨先生通過詳實的考證對比，詳舉諸多例據証明《裴韻》只有上聲卷與王韻相近，其他各卷與王韻不同。結論「可知這個寫本並非單純的某一家之作，而是採用兩種以上不同的韻書配合纂錄而成的。其中既有長孫箋注傳本的東西在內，又有王仁昫書傳本的東西在內，甚至還有別家的東西。」〔註9〕諸家研究者，周氏舉證最爲詳備。

〔註 9〕周祖謨，《唐五代韻書集存》（下），中華書局，1983 年，第 898 頁。

認爲《裴韻》是來源於長孫本和王韻兩種的還有潘重規先生。潘氏在其《中國聲韻學》一書中談到:「項跋本之韻目及字次,唐蘭氏謂其上平聲雖注所加字數,而與宋跋本不合,且字次凌獵,韻亦大異,殆裴務齊以長孫本屬雜王韻本使然云。」〔註10〕

方國瑜亦有類似看法,在《故宮敦煌兩本王仁昫〈刊謬補缺切韻〉跋》中提到:「此乃裴務齊取長孫氏書,參證王氏原書而爲之,『正字』之作也。」〔註11〕

魏建功在他的《故宮完整本王仁昫刊謬補缺切韻續論之甲》一文中認爲《裴韻》「蓋參合王韻及長孫韻之混合本。」〔註12〕

1.2.1.1.2 三家拼湊說

此說主張《裴韻》是由王仁昫、長孫訥言、裴務齊三家書混合而成。

厲鼎煃論及《裴韻》文章有《讀故宮本王仁昫刊謬補缺切韻書後》和《敦煌唐寫本王仁昫〈刊謬補缺切韻〉考》,前者舉書中注釋條目和韻目體例問題論証此書非王仁昫書;後者則指出「此書乃雜抄王、長孫、裴三家書以成者。」〔註13〕

蔣經邦也注意到《裴韻》體例不純,將此本與敦煌本王韻比較,論証其非王韻,也非裴氏之書,蔣氏在《敦煌本王仁昫刊謬補缺切韻跋》一文中推斷「大約裴氏精於文字之學,所著切韻,於文字形體,多所發明,故修訂仁昫書者,酌用長孫箋注之外,並採裴氏之書,故於卷首亦題其名。」〔註14〕認爲此書是以王氏原書、長孫氏箋注、裴氏《切韻》三書湊集起來的本子。

日本學者上田正在《切韻殘卷諸本補正》一書中考察《裴韻》的韻目名稱和韻次的特點,以及小韻增加字、訓注形式等韻書體例問題,推論此書是混合了王仁昫、長孫訥言和裴務齊數種韻書殘卷而成,未能判斷這三者的關係。

〔註10〕潘重規,《中國聲韻學》,東大圖書公司,1981年,第262頁。

〔註11〕方國瑜,《方國瑜文集》第五輯,雲南教育出版社,2003年,第426頁。

〔註12〕魏建功,《魏建功文集》第一卷,江蘇教育出版社,2001年,第396頁。

〔註13〕厲鼎煃,《敦煌唐寫本王仁昫〈刊謬補缺切韻〉考》,金陵學報第四卷第二期,第288～292頁。

〔註14〕蔣經邦,《敦煌本王仁昫刊謬補缺切韻跋》,國學季刊三卷二號,第422頁。

1.2.1.1.3 四家拼湊說

陸志韋先生持此說。他在《唐五代韻書跋》一文中對唐五代諸本韻書殘卷的體例和音理作了考察和論述，認爲《裴韻》體例雜亂，因而價值遠不及《王一》。主要觀點有三：〔註15〕

「1. 全書至少是四種稿子的雜湊品。（1）平聲所補七個韻，因爲體例不同。（2）平上聲和去入聲不同來源，見前論字數。（3）平聲和上聲的格式又大同小異，不是同樣的本子，見前論小韻體例。

2. 平聲的標題和上去入聲不同。（1）平聲韻表的題目作「切韻平聲一」，上去入聲作「上聲卷第三。……」（2）平聲韻表注明陸韻以前各家韻次，其餘三表沒有注。

3. 序文也是雜湊品。按照今本的排列法，念起來好像這部書是「王仁昫撰，……長孫訥言注，……裴務齊正字」。憑我的猜想，平聲所補七個韻原先是裴務齊正字的長孫箋注本。平聲韻表也許屬於那一本書。王仁昫序和平聲其他各韻另是一部書。」

1.2.1.2 關於《裴韻》的作者

關於作者是否裴務齊，詳考者主要有蔣經邦和周祖謨。蔣經邦認爲《裴韻》非裴務齊之書，周祖謨雖將此本定名爲《裴務齊正字本刊謬補缺切韻》，但也持懷疑態度，不過認爲書中有關字的寫法和注釋中解說字形的文字一定有裴務齊的東西。比較可靠的依據，是兩位學者都用到日本源順《倭名類聚抄》卷七羽族部，引裴務齊《切韻》「鶻，呼骨反亦作骨，鷹屬也」，「鶶，思尹反亦作隼，鷙鳥也，一名祝鳩」，與《裴韻》此二字的訓解不合。可以看作作者是裴氏的反證。

本文接受周祖謨先生的看法，此書應當有王仁昫、長孫訥言之書在內，亦有裴務齊獨撰的內容。首先，卷首錄有「王仁昫序」、「長孫序」，及「王仁昫撰」、「長孫訥言注」「裴務齊正字」字樣，可知編者依據這三家爲撰寫的基礎。其二，此本注文體例「反、數、訓」的格式與長孫訥言箋注本相似，大概是沿用長孫氏體例。第三，《廣韻》卷首所列增字名單上有「裴務齊增加字」

〔註15〕陸志韋，《唐五代韻書跋》，《陸志韋語言學著作集》（二），中華書局，1999 年，第475 頁。

之語，雖然裴務齊其人事蹟史無可考，但是《裴韻》韻目用字、字形的解說、卷首的字樣、又音的注法等等與王韻不同的獨特之處，應該與「裴務齊正字」有關聯。

1.2.1.3 對《裴韻》的全面校勘研究

這方面工作精審周備的主要有三家：周祖謨先生，著《裴務齊正字本〈刊謬補缺切韻〉考釋》，見於《唐五代韻書集存》，單篇論文《論裴務齊正字本〈刊謬補缺切韻〉》；葉鍵得先生，著作《十韻彙編研究》及關於《裴韻》的一系列文章；南京大學曹潔的博士論文《裴務齊正字本〈刊謬補缺切韻〉研究》。

周祖謨先生所著《唐五代韻書集存》是迄今為止國內外收集唐五代韻書資料最全，考釋內容最豐的巨著。書中收錄唐五代時期寫本、刻本共 30 種，如前文所述，周氏將它們分為 7 類，《裴韻》為獨立一類。下冊考釋部分，有專章討論《裴務齊正字本〈刊謬補缺切韻〉》，關於文獻和語音特點的考訂和揭示在漢語語音史和文獻研究方面都佔有重要地位。

《裴務齊正字本〈刊謬補缺切韻〉考釋》一文分四方面內容：（1）介紹《裴韻》的版本源流和保存情況，繼而按照四聲相承關係排列出《裴韻》全部韻目，直接指出，《裴韻》由於韻目名稱和韻次的不同在唐五代諸本韻書占獨特地位。（2）從卷首題字、韻目次第、體例、小韻收字、反切用字、字的歸韻、注釋等七個方面與陸韻和王韻比較，詳細舉證說明《裴韻》不是王韻，是集兩種以上韻書合成，並論證此書的作者還不能斷定是否是裴務齊。（3）從韻次、韻目名稱的改變、某些字的歸韻、又音和注音方式等五個方面揭示《裴韻》的語音特點。（4）通過與箋注本三的反切、訓釋、引文等內容比較，証明《裴韻》取材於長孫書的內容較多。

相關的論文《論裴務齊正字本〈刊謬補缺切韻〉》〔註16〕持相同觀點，考訂《裴韻》不是《王韻》，是彙合了長孫訥言箋注本和《王韻》兩家以上韻書的本子，作於唐中宗以後，體現了當時的實際語音特點。

周祖謨先生的論證發前人所未發，不再僅僅停留在表面的格式和體例的變化，而是通過充實的舉證，發現作者所透露出的實際語音信息。

〔註16〕周祖謨，《周祖謨語言文史論集》，浙江古籍出版社，1988 年。

葉鍵得先生著《十韻彙編研究》，其中《〈王二〉校勘記》〔註 17〕同時參校韻書原卷和唐蘭寫本，比較二者異同，考訂文字，是迄今最全面的《裴韻》校勘；《〈王二〉考釋》〔註 18〕部分羅列前人相關文獻研究成果，並從《裴韻》體例、韻目、韻次等方面考察論証，得出結論：此本非王氏原著；非裴氏之書；此本當係一混合本，至少參雜有《王韻》、長孫韻成分在內。諸家論證，並見參考價值；參雜此本之人不可知。〔註 19〕葉鍵得先生另著文《論「故宮本王仁煦刊謬補缺切韻」一書拼湊的眞象》〔註 20〕，和《內府藏唐寫本刊謬補缺切韻一書特色及其在音韻學上的價值》〔註 21〕，發現開始並注重此書的獨立的語音特點。

南京大學曹潔的博士論文《裴務齊正字本〈刊謬補缺切韻〉研究》。是最近的比較全面整理研究《裴韻》的專著，涉及文獻和語音兩個方面。文獻方面討論了《裴韻》的現存情況，韻次、韻目搭配、注釋體例、字體，結論是《裴韻》是「異質性」的韻書，內容「雜湊」。語音方面通過與《王三》《切二》《切三》等韻書的反切比較討論《裴韻》的語音特點及特殊音切的時音特點。關於語音的討論內容超過前人，但是仍受限制於文獻體例不純粹的結論，未能揭示《裴韻》的音系特點。

1.2.1.4　文字研究

從文字角度的研究，有河北大學曹志國的碩士論文《裴務齊正字本〈刊謬補缺切韻〉異體字研究》，對書中的異體字材料進行窮盡性考查。俗字異文尚可有更全面深入的討論。

1.2.2　《裴韻》的語音和音系研究成果

對《裴韻》的語音研究可分為兩個階段，第一階段是從文獻整理角度，發現和討論《裴韻》韻目、韻次、字的歸韻的特殊性，以舉證的方法，揭示本書

〔註 17〕 葉鍵得，《十韻彙編研究》，臺灣學生書局，1988 年，第 482 頁。

〔註 18〕 葉鍵得，《十韻彙編研究》，臺灣學生書局，1988 年，第 1164 頁。

〔註 19〕 葉鍵得，《十韻彙編研究》，臺灣學生書局，1988 年，第 1178 頁。

〔註 20〕 葉鍵得，《論「故宮本王仁煦刊謬補缺切韻」一書拼湊的眞象》，1992 年 5 月，臺灣《第二屆國際第十屆全國聲韻學學術研討會論文集》。

〔註 21〕 葉鍵得，《內府藏唐寫本刊謬補缺切韻一書特色及其在音韻學上的價值》，1993 年 4 月，臺灣第十一屆全國聲韻學學術研討會宣讀論文。

的某些反切反映的時音特點，影響較大的是周祖謨先生。第二階段，是在周祖謨、葉鍵得考證校勘基礎上，開始對《裴韻》的反切作窮盡性考察，並與其他《切韻》系韻書的小韻作窮盡式比較分析，試圖判斷此書的音系結構性質，觸及到本書的音系。作此嘗試的有南京大學博士曹潔。以下逐一綜述。

第一階段，周祖謨先生討論到反映《裴韻》語音特點的五個方面，結論是此書「雖然還是王仁昀書的系統，可是自有它的特點。」〔註22〕舉證如下：

首先，韻次和韻目名稱的改變。「在韻次方面，現在所見到的唐本韻書中很少有脫離陸法言《切韻》的格局的，惟有本書改變較大，與眾不同。如：

（1）陽唐次於江韻之後；

（2）佳韻次於歌、麻之間；

（3）登韻與眞、臻、文、斤、諸韻比次，列於斤韻之後；

（4）寒韻列於魂、痕之前，而刪、山、元三韻列於先、仙之後；

（5）侵與蒸同列，覃、談與鹽、添、咸、銜、嚴、凡同列。

以上各韻的上去二聲韻目與平聲一致。去聲泰韻則列於霽、祭之後，與界夬同列。至於入聲，與平上去的次第大都相應，只有刪韻入聲點韻次於褐紇兩韻之間，庚韻入聲格韻和清韻入聲昔韻次於洽狎與業乏之間，與平上去次第有異。」〔註23〕周先生推斷正是編者口中實際的讀音促使了這些韻次的改變。進一步，周先生從語音系統的觀念出發，作出了具體語音的推斷，「書中陽唐與江相次，寒與魂痕相次，元與刪山相次，佳與歌麻相次，覃談與鹽添咸銜相次，泰與界夬相次，必然由於元音相近。書中登與斤相次，蒸與侵相次，據《切韻》音的系統，登收-ng，斤收-n，蒸收-ng，侵收-m，韻尾不同，本書登與斤，蒸與侵所以比列在一起，一方面可能是由於元音相同，另一方面還可能是由於登侵兩韻的韻尾與《切韻》音也有不同。這些現象對考查唐代方音都大有幫助。」

其次，在韻目方面，周先生發現此書作者特別注意四聲韻目的讀音在聲母上是否一致，將凡是《切韻》所定的聲母不一致的韻目字都改用聲母相同的字。全部排列如下：〔註24〕

〔註22〕 周祖謨，《唐五代韻書集存》（下），中華書局，1983 年，第 899 頁。

〔註23〕 同上。

〔註24〕 周祖謨，《唐五代韻書集存》（下），中華書局，1983 年，第 900 頁。

皆	駭	界（怪）	
灰	賄	誨（隊）	
臺（咍）	待（海）	代	
斤（殷）	謹（隱）	靳（焮）	訖（迄）
寒	旱	翰	褐（末）
魂	混	慁	紇（沒）
刪	潸	訕（諫）	黠
（交）（肴）	絞（巧）	教（效）	
庚	梗	更（敬）	格（陌）
耕	耿	諍	隔（麥）
清	請（靜）	清（勁）	昔
冥（青）	茗（迥）	暝（陘）	覓（錫）
佳	解（蟹）	懈（卦）	
覃	禪（感）	醰（勘）	沓（合）
談	淡（敢）	闞	蹋（盍）
銜	檻	覽（鑑）	狎

周先生發現，不僅韻目聲母注重一致性，此書作者也注意到韻母開合的一致。例舉皆韻去聲用開口字「界」，不用合口字「怪」，佳韻去聲用開口字「懈」，不用合口字「卦」，有目的地使得平上去韻目開合一致。

這些發現對於《裴韻》音系的研究都很有價值，至少說明，在編者的心裏有一個實際的語音標準。

此外，周先生注意到一些字的歸韻與實際語音有聯繫；本書的又音也反映了時音與方音的現象；反切用字與其他切韻系韻書相比存在差異，這些都是《裴韻》代表的語音與《切韻》系統有了不同。

注音方面，周祖謨先生提到兩點值得注意的特點：（1）王韻有一些因承《切韻》而來的脣音類隔切，在本書裏有一部分已經改作音和切。（2）本書注又音的方式，除了用反切和又音某來表示以外，還採用了以四聲來指明讀音的方式。這是王韻中所沒有的。

由上我們可以看到，《裴韻》是音韻學上極具研究價值的韻書，所有這些特點的揭示，都讓我們考慮到一點，《裴韻》是一部獨立的韻書，編者有一個實際的語音標准，並有意識地體現了一些時音，我們產生了一個設想，表面雜湊的語言材料混合在一起，卻服務於一個目的，一個獨立的語音系統。

第二階段，曹潔博士的研究，主要有三個方面，一是考察文獻體例注釋，論証《裴韻》內容來源的差異，並與切韻系其他韻書的注釋體例作比較分析，判斷它們的遠近關係。二是窮盡性地研究《裴韻》的反切，揭示特殊反切所反映的時音，並比較《裴韻》和《王三》的反切，推斷《裴韻》的音系結構與《王三》基本一致。三是通過文獻材料和反切材料的全面考證以及與《王三》等韻書的比較，認爲《裴韻》是一部異質性的韻書，在韻書發展史上佔有一定地位，它的異質性代表了發展趨勢。

從方法上來看，曹潔博士進行了窮盡式的整理和比較，比前人研究更全面，採用了音系比較法，將《裴韻》音系和同時代的其他音系作了細緻窮盡的比較，比前人有更強的系統性。對《裴韻》的音系研究是一大推進。

從結論上看，有關《裴韻》文獻源流的描寫，音韻學史上的地位的判定，均有超過前人之處。

我們認爲，《裴韻》語言材料的來源、注釋體例方面存在「異質」，並不代表作者利用、編訂材料所反映的音系也是完全異質的，與《王三》等切韻系韻書的音系結構高度接近，並相對完整，又具有自己的時音特點，恰恰証明了《裴韻》也是一個完整獨立的音系，文獻的「異質性」不能概括說明音系也是異質的。音系的研究實際上仍停留在文獻整理的階段。

本文嘗試整理出《裴韻》的聲母、韻母系統，構擬音值，討論此書的音系結構的面貌。

1.2.3 《切韻》系韻書的音系研究成果

《裴韻》是《切韻》系韻書的一種，要研究《裴韻》的音系結構，不能拋開《切韻》音系的研究。從內容到方法，二者的研究都密不可分，《裴韻》音系的探討是建立在《切韻》音系研究的基礎上的。

前人關於《切韻》音系的研究已經取得了豐碩的成果，綜述如下。

1.2.3.1　音系的研究

　　上世紀後半葉以來，中國大陸地區、臺灣地區都先後出現了數家《切韻》音系研究的大家，大陸地區較有影響的專著有：李榮《切韻音系》；邵榮芬《切韻研究》；方孝岳、羅偉豪的《廣韻研究》，嚴學宭的《廣韻導讀》；黃典誠《切韻綜合研究》；葛毅卿《隋唐音研究》；黃笑山《切韻和中唐五代音位系統》；潘悟雲《漢語歷史音韻學》；李新魁的《中古音》；楊劍橋《漢語現代音韻學·〈切韻〉音系研究》等等。還有諸多音韻學著作也都涉及到《切韻》音系的研究。臺灣地區有陳新雄、董同龢、龍宇純、何大安等學者，日本應該提到的是上田正、平山久雄、辻本春彦等學者。

　　李榮的《切韻音系》主要內容有，（1）列出聲韻調配合表，分析《王三》所有小韻的聲韻地位。（2）分析所有反切上下字之間的關係和音系結構中的作用。（3）對喻〔j〕化問題、前顎介音、四等主要元音等問題作了深入解釋。（4）關於音值構擬，對高本漢的聲韻母構擬進行了批判。在書末附上了圓明字輪譯文表，根本字譯文表，皇極經世十聲十二音解，轉與攝的關係等重要的資料。

　　邵榮芬的《切韻研究》在前人研究基礎上對脣音開合口問題、純四等韻沒有 i 介音、常船二母位置等問題作了一些補充論證。並就《切韻》音系的性質、聲韻類別、聲母和韻母的音值、聲調等問題作了更進一步的探討。書中比較了《王三》和《廣韻》的反切、聲母、韻母情況，製作王仁昫《切韻》音節表總結其音系結構特點。

　　這兩部書是《切韻》音系研究的重要代表。

　　黃典誠書也極有特色，全書十章，主要內容是：（1）介紹了《切韻》的體制、陸法言的生平，系聯得到《切韻》的聲類和韻類。（2）討論《切韻》以前的反切和五家韻書的特點以及與《切韻》的關係。（3）提出「強弱輕重律」，討論語音演變的規律。（4）討論《切韻》各種本子內容增減的情況。（5）探討韻圖跟《切韻》音系的關係。（6）重紐問題。用「強弱輕重律」理論解釋重紐，認爲重紐三等是強聲弱韻，而重紐四等是弱聲強韻，重紐就是在強弱分合的不平衡中發展。（7）《切韻》的性質問題，總數各家之說，主張《切韻》音系有文讀白讀兩套系統，是歷史悠久的洛陽官音移植到金陵後由文讀系統和白讀系統交相爲用構成的。（8）《切韻》的旁證。比較了曹憲《博雅音》和《切韻》音，

發現二者相合，說明《切韻》的分韻系統確實是隋唐間客觀存在的。（9）擬音問題。運用「強弱輕重律」理論，提出自己的擬音看法。（10）討論了《切韻》在現代七大方言區的分衍和變化。

葛毅卿的《隋唐音研究》，此書是葛毅卿先生的遺著，由李葆嘉先生理校，南京師大出版社 2003 年 8 月出版。全文內容分六個部分：（1）隋唐音的時間和區域；（2）隋唐音的聲值；（3）隋唐音的等呼；（4）隋唐音的韻值；（5）隋唐韻系及相關問題；（6）隋唐音的調值。書中主張，《切韻》音系的性質爲一時一地之音，是隋代長安音系統，沒有古今南北韻；《韻鏡》音系與《切韻》音系相合；隋唐詩人押韻與《切韻》音相合；隋唐長安音與現代西安音有傳承關係；聲母方面，提出《切韻》28 聲母說，批判高本漢的 j 化說，主張喻三入匣；認爲《切韻》唇音有開合口；主張重紐的區別在韻頭，重韻區別在元音的長短；韻母主張庚三歸清，提出《切韻》韻母系統有六個元音；主張濁音和陽平送氣，陽上陽去聲不送氣。此書見解獨到，影響也甚遠。

方孝岳、羅偉豪的《廣韻研究》，嚴學宭的《廣韻導讀》，張世祿《中國音韻學史》（中古音部分，商務印書館 1981 年重印本）、何九盈《中國現代語言學史》（廣東教育出版社 1995 年初版，2000 年再版）、楊劍橋《漢語現代音韻學·〈切韻〉音系研究》（復旦大學出版社 1996 年）、李葆嘉《當代中國音韻學》（廣東教育出版社 1998 年）、劉志成《漢語音韻學研究導論》（巴蜀書社 2004 年）等，是通論性的著作，都很值得參考。

1992 年出版的古德夫的專著《中古音新探》也值得重視，該書收錄了作者的 9 篇論文，如《宋跋本〈王韻〉與〈切韻〉》（1982 年）、《〈廣韻〉、〈王韻〉、〈切韻〉大韻異同考》（1983 年）、《〈廣韻〉反切的來源——〈切韻〉到〈廣韻〉反切的改易》（1991 年）、《〈唐韻〉對〈切韻〉語音的改易》（1990 年）等，全面比較了《切韻》、《唐韻》、《王韻》和《廣韻》的韻目、韻次、大韻、小韻、反切等的異同，探討《切韻》到《廣韻》在體例、分韻、反切、釋義等方面發生的變化，指出《切韻》是綜合音系，特別強調《廣韻》的語音發生了變化，已經不同於《切韻》音系了。但是，大多數學者，如王力、李榮、邵榮芬、唐作藩等認爲，從《切韻》到《廣韻》，儘管相差 407 年，韻數和小韻反切增加了，有些反切用字改變了，然而韻類數和韻母數並沒有增加，反切的讀音沒有改變，

即大韻數和小韻數的增加和反切用字的改變並沒有使語音系統發生變化，也就是說，即便是《廣韻》眞諄、寒桓和歌戈三對韻主元音對立，其韻母數也跟《切韻》開合同韻裏以介音區別的韻母數相同，並沒有引起韻類的增減和韻母格局的變化。因此，《廣韻》音系仍就是《切韻》音系。

這些著作除了進行了音系的整理，還分別與其他韻書、域外漢音、周秦音、現代漢語方言以及漢藏語系語言作比較，方法和內容都非常詳實，值得借鑒。

1.2.3.2 聲母的研究

聲母的研究方面也有很多值得注意的論文，如：

> 關於聲母的分類，有李新魁的《論〈切韻〉系統中床禪的分合》，見於《李新魁音韻學論集》，60～86 頁，汕頭大學出版社 1997 年 10 月。黃笑山，《切韻》於母獨立試析，古漢語研究 1997 年 3：7～14。

> 關於「喻化説」，有陸志韋《三四等及所謂「喻化」》（《燕京學報》1939 年 26 期：143～173）就指出「三四等之分別斷不在乎輔音之眞正化爲齶音與否」，「喻化」說掩蓋了三四等對立的實質，即主元音的不同。

> 關於送氣不送氣的問題，有施向東《玄奘譯著中的梵漢對音和唐初中原方音》（見於語言研究 1983 年 1 期：27～48）利用梵漢對音，證明公元六、七世紀長安音和洛陽音濁塞音和濁塞擦音不送氣；劉廣和《唐代八世紀長安音聲紐》（見於語文研究 1984 年 3 期）根據不空的梵漢對音材料，考訂 8 世紀長安方音的全濁聲母是送氣的；麥耘《「濁音清化」分化的語音條件試釋》（見於溫州師範學院學報 1998 年 2：25～31）主張中古濁音清化首先產生氣聲化音，並由此逐漸分化，C"→Ch 變化開始的時代，暫定於 8 世紀。

關於《切韻》音系重唇音和輕唇音的分化問題，有馮蒸師的《魏晉時期的「類隔」反切研究》（見於程湘清主編《魏晉南北朝漢語研究》：300～320 頁，山東教育出版社 1988 年）、龍異騰《從唐代史書注解反切看輕重唇音的分化》（見於《漢語史研究集刊》第 1 輯（下）：368～383，巴蜀書社 1998 年）等。關於唇音分化的音理和時代，有潘悟雲的《中古漢語輕唇化年代考》（見於《溫州師專學報》1983 年 2 期）、張世祿、楊劍橋的《漢語輕重唇音的分化問題》（見於《揚

州師院學報》1986 年 2 期）、楊劍橋的《漢語現代音韻學》（第七章，見於復旦大學出版社 1996 年）等。

聲母構擬方面，有羅常培《知徹澄娘音值考》（見於史語所集刊 1931 年 3 本 1 分：121～157；又見《羅常培語言學論文選集》，中華書局 1963 年出版）根據梵漢對音把知組擬為捲舌塞音，施向東《玄奘譯著中的梵漢對音和唐初中原方音》（語言研究 1983 年 1：27～48）、劉廣和《音韻比較研究》（專著，北京中國廣播電視出版社 2002 年出版）、儲泰松《梵漢對音概說》（古漢語研究 1995 年 4：4～13）等支持羅說；麥耘《〈切韻〉知、莊、章組及相關諸聲母的擬音》（語言研究 1991 年 2：107～114）、黃典誠《切韻綜合研究》（1994 年）和葛毅卿《隋唐音研究》（遺著，2003 年）知組歸端組。不過，麥耘的端組與知組的區別在於介音 r-的有無，知組有 r，擬作 tr-；黃典誠的知組有 j，擬作 tj-。而葛毅卿知二組擬音跟端組同是 t-，沒有介音，而知三組有介音 i。其他還有都興宙的《中古知系聲母的擬音問題》（蘭州大學學報 1984 年 1 期），喻世長《〈切韻〉聲母擬音的新嘗試》（《羅常培紀念論文集》：245～270，商務印書館 1984 年）等。

日母的構擬，是語音史中「最危險的暗礁之一」（高本漢語）林燾《日母音值考》（《燕京學報》1995 年 1 期）主張從中古時期到現代北方話的日母讀音一直是[z]或[r]，而鼻音的讀法是南方讀音。

日母音值構擬的論文還有：馮蒸，《漢語中古音的日母可能是一個鼻擦音》，見於《漢字文化》1994 年 3：62。

1.2.3.3 韻母問題

關於中古音介音，有鄭張尚芳《漢語介音的來源分析》（語言研究增刊 1996 年）指出，中古音二等介音的形式是[ɣ]，許寶華、潘悟雲《釋二等》（《音韻學研究》第 3 輯：119～135，中華書局 1994 年）闡發了鄭張尚芳的觀點，麥耘《論重紐及〈切韻〉的介音系統》（語言研究 1992 年 2：119～131）把《切韻》的二等介音擬作 rɯ-。

關於四等介音，有鄭張尚芳《上古韻母系統和四等、介音、聲調的發源問題》（見於《溫州師院學報》1987 年第 4 期）和《漢語介音的來源分析》（見於《語言研究增刊》1996 年：175～179）認為，中古四等介音[i]來自上古前母音 i、e 的複化。

　　陸志韋《古音說略》（1947 年）、李榮《切韻音系》（1956 年）和邵榮芬《切韻研究》（1982 年）等指出，純四等韻無 i 介音。施向東《玄奘譯著中的梵漢對音和唐初中原方音》（語言研究 1983 年 1 期：27～48）和尉遲治平《周隋長安方音初探》（語言研究 1982 年 2 期：18～33）也證明了這一點。李如龍《自閩方言證四等韻無 i 說》（音韻學研究第一輯：414～422，中華書局 1984 年）指出，閩方音有文白異讀，凡四等韻無[i]介音的屬於白讀，帶[i]介音的屬於文讀，文讀是照韻書的反切，從中古以後的系統而來，白讀的系統保持較古的音讀。因此，《切韻》的純四等韻沒有[i]介音，[i]介音是後起的。其他論文還有尉遲治平《論中古的四等韻》（中國人民大學語言文字學報刊複印資料 2003 年 4：40～48）、梁亞東《漢音與〈廣韻〉四等韻之介音》（長春師範學院學報 2003 年 2：118～119）等。

　　關於重紐，比較重要的代表作有陸志韋《三四等及所謂「喻化」》（燕京學報 1939 年 26 期：143～173；又見陸志韋語言學著作集（二），中華書局 1999 年），董同龢《廣韻重紐試釋》（1945 年，史語所集刊 13 本：1～20，1948 年），周法高《廣韻重紐的研究》（1945 年，見周法高著《中國語言學論文集》：1～70，臺灣聯經出版事業公司 1975 年 9 月初版），王靜如《論古漢語之顎介音》（《燕京學報》1948 年 35 期，51～94 頁），鄭張尚芳《重紐的來源及其反映》（《聲韻論叢》第六輯，175～194 頁，臺灣學生書局 1997 年），潘悟雲、朱曉農的《漢越語和〈切韻〉唇音字》（《中華文史論叢增刊語言文字研究專輯》（上），上海古籍出版社 1982 年），鄭仁甲《論三等韻的 i 介音——兼論重紐》（《音韻學研究》第三輯，中華書局 1994 年）、丁邦新《重紐的介音差異》（《聲韻論叢》第六輯，37～62 頁，臺灣學生書局，1997 年），李新魁《重紐研究》（語言研究 1984 年總第 7 期），馮蒸的《論莊組字與重紐三等韻同類說》（《漢語音韻學論文集》：184～212，首都師大出版社 1997 年），《〈廣韻〉反切上字分等分類表並說明——為研究〈廣韻〉反切「類相關」理論而作》，（《外國語言學及應用語言學研究》：77～95，中央編譯局出版社，2002 年 12 月）；麥耘《論重紐及〈切韻〉的介音系統》（《語言研究》1992 年 2 期：119～131）、張渭毅的《魏晉至元代重紐的南北區別和標準音的轉變》（語言學論叢第 27 輯：99～171，北大漢語語言學研究中心編，商務印書館 2003 年）。

日本學者有，有阪秀世《批評高本漢對三四等的擬音》（1937～1939 年，見《國語音韻史の研究》：327～357 頁，東京三省堂 1957 年增補新版），河野六郎《朝鮮漢字音的一個特點》（1939 年，見《河野六郎著作集 2 中國音韻史論文集》：155～180 頁，東京平凡社）、三根谷徹《關於〈韻鏡〉的三四等》（《言語研究》31 期：56～74 頁，1953 年），平山久雄《重紐問題在日本》（2005 年，《平山久雄語言學論文集》，25～50 頁）和《中古脣音重紐在〈中原音韻〉齊微韻裏的反映》（2005 年，《平山久雄語言學論文集》，51～58 頁，商務印書館），辻本春彥《所謂三等重紐的問題》（馮蒸譯）（2006 年，《馮蒸音韻論集》，597～599 頁），松尾良樹《論〈廣韻〉反切的類相關》（馮蒸譯）（2006 年，《馮蒸音韻論集》，600～608 頁）。

1.3 選題意義

前輩學者對《裴韻》的研究在文獻整理校勘方面已經取得了較豐碩的成果，爲《裴韻》性質的論證打下了一定的基礎，同時注意到了此書在音韻學上的重要價值。儘管諸家對於《裴韻》的性質、內容來源進行了較深入的研究，但是分歧也較多，還沒有定論，仍然有進一步探討的必要。至於《裴韻》音系的研究，至今我們還沒有看到系統的描寫《裴韻》音系和全面展示《裴韻》音韻結構及其特點的論著。總的來看，《裴韻》的文獻研究還有待深化，對於音系的研究比較薄弱。前人的研究之所以出現這種局面，主要是因爲，長期起來，多數學者傾向於把《裴韻》看作「王二」，看作王仁昫《刊謬補缺切韻》同一部書的不同版本，忽略了其內容上的獨特性，把它看作跟「王三」內容差不多的另一個版本；或者雖然肯定它的獨特性，卻強調它的異質性，認爲它是拼湊其他韻書的產物，無法做音系的定量分析和定性描寫，從而把研究的視角和重點集中在全本王仁昫《刊謬補缺切韻》（「全王」或「王三」）的研究上，以爲用「王三」的研究就可以代替對《裴韻》的研究，這些觀念和意識都淡化了《裴韻》更深入的研究。這都爲本文的選題和研究提供了較大的空間和餘地。

本文在前人研究的基礎上，把《裴韻》置於唐代韻書史和中古語音史的大背景之下，把《裴韻》跟同時期相關韻書進行多角度的比較和分析，力圖對《裴韻》的性質和內容來源問題來一個比較徹底的清理，挖掘其特點，提出合理的

看法。對《裴韻》的音系進行全面的定量描寫和定性分析，力圖填補《裴韻》音系研究的空白，深化《切韻》音系和《切韻》系韻書史的研究，使中古語音史和音韻學史的研究再上一個臺階。

1.4 研究方法

本文在前人研究成果的基礎上，從文獻學和音韻學兩方面對《裴韻》進一步全面研究。在前人研究基礎上，我們力圖做到三個「結合」：

一、內証法和外証法相結合

所謂內證法，就是以《裴韻》作爲研究的主體，以揭示《裴韻》本身的特點作爲思考問題的出發點，從《裴韻》內部發現問題，解決問題。

《裴韻》不是孤立的韻書，跟《切韻》系其他韻書都有關係，所謂外證法，指以《裴韻》以外的《切韻》系其他韻書（如王三等）爲參照，通過比較，揭示《裴韻》的特點。

二、文獻考證法和語言學分析法相結合

《裴韻》的體例、字形、注音、釋義等涉及到很多文獻資料，這些文獻有的經過前人的整理，訛誤較少，有的未經整理，問題較多。迄今我們還沒有看到完整細密的《裴韻》校勘記，需要我們系統地運用文獻考證方法，細緻地校勘，仔細地耙梳整理。在掌握文獻材料的基礎上，我們在各方面語言學知識的指導下，運用各種語言學方法，辨別材料的眞僞和訛脫，合理地分析材料，這是我們研究《裴韻》的又一個指導思想。

三、共時描寫和歷時分析相結合

在三個「結合」思想的指導下，我們採取多種研究方法。馮蒸師的《漢語音韻研究方法論》對音韻學研究法進行了全面總結，跟本文相關的研究方法，有 12 種，我們列舉如下，每個方法的表述，請參看馮蒸師文：〔註25〕

　　1. 反切系聯法；
　　2. 反切比較法；
　　3. 類相關法；

〔註25〕馮蒸《漢語音韻研究方法論》，《馮蒸音韻論集》，6～17 頁，學苑出版社 2006 年。

4. 音位歸併法；

5. 審音法；

6. 音系表解法；

7. 統計法；

8. 歷史比較法；

9. 對音法；

10. 方音對照法；

11. 古今音對比法。

其中，1～7 是求音類法，8～10 是求音值法，11 是求音變法。

1.5 研究步驟和主要觀點

1. 全面校勘《裴韻》，攷求《裴韻》反切的來源。

2. 全面描寫《裴韻》的音系，揭示其音韻特點。具體說來，對《裴韻》音切做窮盡式研究，全面整理《裴韻》的反切，列出單字音表展示音類區別和音系結構，構擬音值。將《裴韻》與《王三》等切韻系韻書其他傳本音切作比較，揭示音類特點。

3. 証明《裴韻》音系的同質性，即《裴韻》音系是一個內部結構完整的音系，它是周祖謨先生所列七大類韻書中獨立的一個類型，區別於《王仁昫刊謬補缺切韻》系韻書，應當是獨立的一類韻書。

第 2 章 《裴韻》的聲類和聲母

2.1 整理《裴韻》反切上字的方法

　　《裴韻》的聲類，體現在它的反切上字上。《裴韻》收字 11641 個，有 2750 個反切，有 427 個反切上字。我們採用特定的整理反切的方法，就可以得出《裴韻》的聲類，進而歸納出聲母來。

　　整理反切的方法，根據馮蒸先生的研究，有七種。〔註1〕我們做了補充，都加以運用，下面結合實例，說明如下。需要指出的是，整理反切上字的方法，也同樣適用於反切下字。爲了便於集中討論，這裡只舉反切上字的例子。

2.1.1 反切系聯法

　　反切系聯法爲清人陳澧在《切韻考》一書中所創，是通過系聯反切上字和下字求得聲類和韻類的方法，包括基本條例、分析條例和補充條例三部分。

2.1.1.1 基本條例

　　基本條例有同用例、互用例和遞用例三項內容，按照陳澧的表述，如下：

　　　　切語之法，以二字爲一字之音，上字與所切之字雙聲，下字與

　　　所切之字疊韻。……今考切語之法，皆由此而明之。切語上字與所

〔註 1〕馮蒸：《漢語音韻研究方法論》，《馮蒸音韻論集》，6～12 頁，學苑出版社 2006 年。

切之字爲雙聲，則切語上字同用者，互用者，遞用者，聲必同類也。同用者如「冬，都宗切」「當，都郎切」，同用「都」字也。互用者如「當，都郎切」，「都，當孤切」，「都」「當」二字互用也。遞用者如「冬，都宗切」，「都，當孤切」，「冬」字用「都」字，「都」字用「當」字也。今據此系聯之，爲切語上字四十類。……切語下字與所切之字爲疊韻，則切語下字同用者，互用者，遞用者，韻必同類也，同用者如「東，德紅切」，「公，古紅切」，同用「紅」字也。互用者如「公，古紅切」，「紅，戶公切」，「紅」「公」二字互用也。遞用者如「東，德紅切」，「紅，戶公切」，「東」字用「紅」字，「紅」字用「公」字也。今據此系聯之，爲每韻一類，二類，三類，四類。……。

以《裴韻》反切上字爲例，如：

1. 同用例：

a. 北，博墨反；補，博戶反；百，博白反；八，博拔反；布，博故反。

北、補、百、八、布都用「博」作反切上字，則北、補、百、八、布是同一個聲類，我們叫作博類。

b. 望，武方反；明，武兵反；眉，武悲反；亡，武方反；弥，武移反。

望、明、眉、亡、弥都用「武」作反切上字，則望、明、眉、亡、弥是同一個聲類，我們叫作武類。

c. 大，徒蓋反；杜，徒古反；度，徒故反；唐，徒郎反；堂，徒郎反；特，徒德反；陁，徒何反。

大、杜、度、唐、堂、特、陁都用「徒」作反切上字，則大、杜、度、唐、堂、特、陁是同一個聲類，我們叫作徒類。

2. 互用例：

a. 子，即里反；即，子力反。

子、即互相用作反切上字，則子、即是同一個聲類，我們叫作子類。

b. 詳類：詳，似羊反；似，詳里反。

詳、似互相用作反切上字，則詳、似是同一個聲類，我們叫作詳類。

c. 側類：側，阻力反；阻，側呂反。

側、阻互相用作反切上字，則側、阻是同一個聲類，我們叫作側類。

3. 遞用例：

a. 情，疾盈反；疾，秦悉反。

情用「疾」作上字，疾用「秦」作上字，則情、疾、秦是同一個聲類，我們叫作疾類。

b. 植，常職反；常，時羊反。

植用「常」作上字，常用「時」作上字，則植、常、時是同一個聲類，我們叫作常類。

c. 式類：施，式支反；式，聲職反。

施用「式」作上字，式用「聲」作上字，則施、式、聲是同一個聲類，我們叫作式類。

2.1.1.2 分析條例

陳澧說：「《廣韻》同音之字不分兩切語，此必陸氏舊例也。其兩切語下字同類者，則上字必不同類。如『紅，戶公切』，『烘，呼東切』，『公』『東』韻同類，則『戶』『呼』聲不同類。今分析切語上字不同類者，據此定之也。上字同類者，下字必不同類。今分析每韻二類、三類、四類者，據此定之也。」以《裴韻》的反切上字和反切下字為例，如：

a. 荒，呼光反；黃，胡光反。

《裴韻》荒、黃的反切下字同用「光」字，反切上字「呼」和「胡」必定屬於不同的聲類。

b. 少，失召反。照，之笑反。

《裴韻》召，持笑反。召、笑的反切下字同類，則反切上字「少」「笑」的聲類不同。

c. 蕩，堂朗反；宕，杜浪反。

「蕩」「宕」反切上字「堂」「杜」都是透母字，則反切下字「朗」和「浪」韻類不同。

d. 仲，直眾反；重，治用反。

「仲」「重」的反切上字「直」「治」都是澄母字，則反切下字「眾」「用」必不同類。

2.1.1.3 補充條例

陳澧說：「切語上字既系聯爲同類矣，然有實同類而不能系聯者，以其切語上字兩兩互用故也。如『多』『得』『都』『當』四字，聲本同類；『多，得何切』，『得，多則切』，『都，當孤切』，『當，都郎切』；『多』與『得』，『當』與『都』兩兩互用，遂不能四字系聯矣。今考《廣韻》，一字兩音者互注切語，其同一音之兩切語上字，聲必同類。如一東『涷，德紅切』，又『都貢切』；一送『涷，多貢切』；『都貢』『多貢』同一音，則『都』『多』二字實同一類也。今於切語上字不系聯而實同類者，據此以定之。切語下字既系聯爲一類矣，然亦有實同類而不能系聯者，以其切語下字兩兩互用故也。如『朱』『俱』『無』『夫』四字韻本同類，『朱，章俱切』，『俱，舉朱切』，『無，武夫切』，『夫，甫無切』；『朱』與『俱』，『無』與『夫』兩兩互用，遂不能兩類系聯矣。今考平上去入四韻相承者，其每韻分類亦多相承；切語下字既不系聯，而相承之韻又分類，乃據以定其分類；否則雖不系聯，實同類耳。」

陳澧在《切韻考·自序》中說：「惟以考據爲准，不以口耳爲憑」，他的方法以客觀材料爲依據，應該是比較精密合理的。但是由於切語本身的創造及其拼讀並不是非常嚴密，又因爲《廣韻》切語來源的複雜性，影響到陳氏系聯音類的結果，「反切上下字的歸類，僅足以表現中古聲韻母類別的大概。根據這個，還要再用別的材料來補充，所得的結果才是近乎事實的中古聲韻母的系統。」〔註2〕

以《裴韻》的反切上字爲例，如：

a. 鱘：侵韻，「余針反，魚名，又徐林反。」侵韻，「徐林反，魚名，又余針反。」「余針反」和「余針反」所注爲同一字音，反切下字相同，那麼反切上字應當是同類。

b. 堚，侵韻鱘小韻，「昨淫反，地名，又子心反」；褛小韻，「姊心反，地名，又才心反」。「子心」「姊心」所注爲同音，反切上字「子」和「姊」爲同類。

c. 剾，侯韻，彄小韻，「恪侯反，劉裏，又乙侯反。」侯韻，謳小韻，「烏侯反，剾頭足莭，又恪侯反。」「乙侯」「烏侯」所注同音，反切上字「乙」和「烏」爲同類。

〔註 2〕董同龢《漢語音韻學》，2001 年 10 月中華書局。

2.1.2 比較法

比較法分爲兩種，一種是反切比較法，一種是音類、音系比較法。後一種方法是我們在馮蒸師《漢語音韻研究方法論》一文的基礎上補充提出的。

2.1.2.1 反切比較法

《裴韻》是一部殘卷，195 個韻部中缺失平聲韻、上聲韻計 39 個，有 122 個反切上字沒有切語，因此僅用系聯的方法不能夠得出完整的《裴韻》聲類系統，必須採用反切比較法。

反切比較法是將兩種反切系統的切語逐一加以比較（通常是把某種反切材料中的反切與《廣韻》的反切進行比較），來考求被比較的反切系統的音系，找出它的聲韻系統特點。反切比較法是邵榮芬先生創立的，在他的《〈五經文字〉的直音和反切》一文中不僅報告了《五經文字》和《廣韻》音切比較的結果〔註3〕，而且首次闡明運用反切比較法的幾個原則，提出比較反切的「先決條件」，「充分條件」，以及把「語音差別的遠近」和「語音演變的趨勢」作爲比較判斷的標準。這篇文章爲反切比較的方法訂立了具體可行的理論原則。在此之後，陳亞川先生發表了《反切比較法例說》〔註4〕，在邵榮芬先生文章基礎上，從方法論的角度，針對反切比較法運用過程當中所遇見的各種複雜情況，從形、義、音等方面列舉實例，歸納出比較中應遵循的原則，把邵文中闡明的比較原則進一步系統化。在一種反切材料所含反切數量比較少，難以用反切系聯法考求它的聲類系統的情況下，反切比較法是比較有效的方法。

本文主要選擇宋濂跋本王仁昫《刊謬補闕切韻》（後文簡稱《王三》）作爲和《裴韻》比較的對象，我們這樣做，主要基於三方面考慮：

其一，研究《切韻》的很多學者，都把《裴韻》和《王三》看作王仁昫《刊謬補闕切韻》的不同版本，《裴韻》和《王三》的關係是同一部韻書的不同版本。研究《裴韻》，就用《王三》來確定和補足《裴韻》缺失的反切的音韻地位，實際上用《王三》替代了《裴韻》。本文卻有不同的看法和目的，我們主張兩書並非同一部韻書的不同版本，而是不同的《切韻》系韻書。這個觀點要通過細緻

〔註 3〕邵榮芬，《邵榮芬音韻學論集》，首都師範大學出版社，1997 年，第 247～279 頁。

〔註 4〕陳亞川，《反切比較法例說》，中國語文，1986 年第 2 期，第 143～147 頁。

嚴密的比較來深化，並加以論證。選擇王仁昫《刊謬補闕切韻》作爲《裴韻》的比較對象，能夠達到這個論證的目的。

其二，《王三》是現存最完整的《切韻》傳本，它的音系是《切韻》各種增訂本中最完整的，最能反映《切韻》的完整面貌。另外，它的成書時間也與《裴韻》接近。在考察和研究《切韻》各種增訂本時，最直接、最有效、最理想的比較對象當然是《王三》。在《裴韻》和《王三》的反切關係不能確定時，我們還選擇《切二》、《切三》、《王一》、《唐韻》等殘卷和《廣韻》與《裴韻》比較。尤其是《廣韻》，收字數目多，可以在比較《裴韻》和《王三》時作重要參照。

其三，《裴韻》有很多被切字殘缺反切，或者反切上字、反切下字殘缺反切，這些被切字或反切上字、下字，無法用系聯法系聯，我們不得不參照《王三》或其他《切韻》殘卷來確定。這是因爲，雖然《裴韻》跟《王三》在反切用字甚至某些音類上有各自的獨立性，但是它們都是《切韻》的增訂本，反切用字的不同大多沒有改變音類，音系上有一致性，總的來說，音系和音類上的一致性要遠遠大於反切用字的獨立性。如：

如《裴韻》有下列反切上字：

a. 愛，烏代反。阿，烏何反。烏，缺反切。

b. 安，缺反切。

c. 恩，缺反切。

b、c 無法跟 a 系聯。根據《王三》與《切韻》其他殘卷：

《切三》：「安，烏寒反，四。」《王一》：「安，烏寒反，泰，五。」《王三》：「安，烏寒反，泰，五。」

《切三》痕韻：「恩，烏痕反，一。」《王三》：「恩，烏痕反，愛，二。」

由此可知，《裴韻》一、安、恩可以與 a 類系聯。

根據邵榮芬先生提出的反切比較的條件、標準，以及陳亞川先生提出的字形、字義、字音三方面條件，我們爲運用反切比較法整理《裴韻》的反切上字歸納出以下原則：

1. 字形條件

（1）反切比較的字形條件是兩書都收有某字，被切字的字形原則上應當相同。例如：

　　a.「匪」小韻，《裴韻》收字三個「匪」、「棐」、「篚」：「匪，非尾反，不，七。」「棐，輔。」「篚，竹器。」反切是「非尾反」。《王三》「匪」小韻：「匪，非尾反，不。」「棐，輔。」「篚，竹器。」反切是「非尾反」。兩書都收有「匪」、「棐」、「篚」字，字形相同，反切相同，它們具備比較的條件。

　　b.《裴韻》：「坌，盆悶反，塵。」《王三》：「坌，蒲悶反，塵坌，四。」被切字的反切用字不同，字形相同，具備比較條件。

　　c.《裴韻》切語缺失的反切上字，在《王三》中也收有字形相同的反切上字，如「徐」字《裴韻》缺失無反切，但作「遂」的反切上字。兩書中「遂」「徐」的字形相同。《裴韻》：「遂，徐醉反，從八㒸。」《王三》：「遂，徐醉反。」《王三》：「徐，似魚反，緩步四。」我們參考《王三》的相關切語進行比較，可以確定《裴韻》「徐」屬於邪母。

　　（2）兩書中有的被切字字形不同，但是屬於異體字，也符合比較條件。例如：

　　a.《裴韻》的「膚」作反切上字，但是切語殘缺，《王三》作：「膚，體肌，亦作胕。」「甫于反。」「膚」「胕」為異體字，我們參考《王三》的相關切語進行比較。

　　b.《裴韻》：「雛，七雀反。鳥也，俗鵲。」《王三》：「鵲，七雀反。亦正雛。」「雛」「鵲」兩字為正俗異體。兩書中都收有「雛」「鵲」二字，和它們的正俗寫法，符合做比較的字形條件。

　　c.《裴韻》：「爵，即略反，封器也。」《王三》：「爵，即略反，封。」「爵」「爵」異體，意同，音同，符合進行比較的字形條件。

2. 字義條件

　　我們堅持以下兩個原則：

　　第一，做比較的字，兩書中意義必須相同。僅字形相同，詞義不同，那麼它們應當是不同的詞，不符合反切比較的條件，不能比較。

　　第二，多音多義字的反切比較，嚴格遵守意義相同原則。

3. 字音條件

　　兩書中同一個字字形相當，字義相同時，就可以進行字音的對比。比較的結果，一種是《裴韻》和《王三》讀音相同，一種是《裴韻》和《王三》聲韻調各具不同特點。

例如：

a.「長」，養韻，《裴韻》：「長，丁丈反，生出。」《王三》：「長，中兩反，生出。」《裴韻》的反切上字是端母字，《王三》的反切上字是知母字。反切上字的聲類不同。

b. 檢，居儼反。《裴韻》和《王三》被注字和反切相同，但是《裴韻》收在「广」韻，《王三》收在「琰」韻，分屬不同的韻部裏，

2.1.2.2 音類、音系比較法

所謂音類、音系比較法，指以一個確定的音類或者音系作爲參照，與待考察的音類或者音系進行比較，分析其分合關係，得出待考察的音類或者音系的方法。通常參照的音類或參照音系是《廣韻》的音類和《廣韻》音系。這個方法運用極爲普遍，我們在這裡明確提出來，並以《王三》音類和音系作爲主要的參照音類和參照音系，得出裴韻的音類和音系。

2.1.3 音位歸併法

所謂音位歸併法，指運用現代音位學的理論與方法對古音音類的分合或音值的擬測加以判定和歸併的方法。〔註5〕

在考求材料的音系過程中，可以利用反切系聯法和比較法等其他方法得到聲類、韻類，但是聲類不等於聲母，韻類不等於韻母。要求出聲母和韻母，還需要運用音位歸併法。也就是運用音位學原理的最小對立、互補分佈和語音相似性的理論，根據韻字在等韻圖中的位置，歸納聲母和韻母。

2.1.3.1 音位對立原則的運用

兩個或兩個以上的反切上字或反切下字，經過系聯，不屬於同類，就構成對立，應該看作兩個聲類或者韻類。以《裴韻》的反切上字爲例，如：

都，當都反；郎，魯唐反。得，多則反。德，多則反。丁，當經反。多，都宗反。多，得何反。丹，都感反。

運用反切系聯法，以上上字可以系聯成一類，我們叫作都類。

側，阻力反。莊，側良反。爭，側莖反。潛，側今反。滓，側里反。阻，側呂反。

〔註 5〕馮蒸：《漢語音韻研究方法論》，《馮蒸音韻論集》，8 頁，學苑出版社 2006 年。

運用反切系聯法，以上上字可以系聯成一類，我們叫作側類。

都類和側類不能系聯，構成對立，屬於不同的聲類。

聲類和聲母的概念不同，兩個聲類，可以看作兩個聲母，也可以歸納爲一個聲母。聲母是對聲類的進一步歸納。同理，韻類和韻母的概念不同，兩個韻類，可以看作兩個韻母，也可以歸納爲一個韻母。韻母是對韻類的進一步歸納。哪些聲類可以歸爲一個聲母，哪些韻類可以歸爲一個韻母，需要根據韻圖，運用音位互補原則和審音法進行分類。

2.1.3.2 音位互補原則的運用

兩個或兩個以上的聲類或韻類，如果它們出現的語音環境是互補的，就可以歸爲一個聲母或韻母。

以《裴韻》的反切上字爲例，如脣音反切上字，經過系聯，可以有以下三組：

a. 博、博，補各反。北，博墨反。補，博戶反。布，博故反。百，博白反。八，博拔反。（《韻鏡》《七音略》列在一等、二等）

b. 並，府盈反。畢，卑吉反。方，府良反。府，方主反。甫，方主反。筆，鄙密反。卑，必移反。鄙，八美反。封，府容反。變，彼眷反。彼，卑被反。（《韻鏡》《七音略》列在三等）

c. 非，《裴韻》缺反切。（《韻鏡》《七音略》列在三等）

以上三類反切上字，它們出現的語音環境是互補的，可以歸爲一個聲母，我們叫作幫母。

2.1.3.3 音位相似性原則的運用

構成互補關係的兩個或多個聲類，不一定都可以歸納成一個聲母，需要根據《韻鏡》《七音略》的分類判斷其語音是否相似，只有語音相似，才能歸納爲一個聲母。

如以上脣音的三個聲類，是互補關係，在《韻鏡》《七音略》裏都屬於脣音，讀音相似，因此我們可以歸爲一個聲母。

兩個或多個聲類，儘管構成互補關係，但是語音不相似，就不能歸爲一個聲母。如：

職、職，之翼反。章，諸良反。旨，職雉反。止，諸市反。之，止而反。支，章移反。主，之庾反。

以上上字可以系聯爲一類，我們叫作職類。《韻鏡》《七音略》裏屬齒音三等。

古，姑戶反。工、公，古紅反。剛，古郎反。各，古洛反。格，古洛反。（《韻鏡》《七音略》裏屬牙音一等）瓜，古華反。覺，古岳反。（《韻鏡》《七音略》裏屬牙音二等）

以上上字可以系聯成一個聲類，我們叫作古類，《韻鏡》屬於牙音一、二等。

職類和古類出現的語音環境是互補的，但是，我們不能把它們歸爲一個聲母，因爲在《韻鏡》《七音略》裏它們分屬齒音和唇音，根據音位的相似性原則，它們的讀音不同，所以只能分作兩個聲母，我們叫作章母和見母。

2.1.4 審音法

所謂審音法，就是運用等韻學原理，對音類的分合關係進行判定的方法。

運用反切系聯法，經常會遇見反切上字本來相同或反切下字本來同類而不能系聯成同類的情況，還會遇見兩個或兩個以上的反切上字或下字本應對立而可以系聯爲一類的情況，這就需要運用審音法，根據《韻鏡》《七音略》的分類，對反切上字或反切下字的類別的分合情況，進行判定。如來母的反切上字（字後阿拉伯數字爲反切用字次數）：

盧 26，缺反切；郎 4，魯唐反；勒 2，盧德反；羸 1，力爲反；離 1，呂移反；李 1，里 1，理 1，良士反；力 42，良直反；練 1，洛見反；良 5，呂張反；六 1，力竹反；魯 4，郎古反；閭 1，呂 7，力舉反；洛 5，盧各反；落 2，盧各反。

可以系聯爲三組：

a. 盧；勒，盧德反；洛，盧各反；落，盧各反；

b. 郎，魯唐反；魯，郎古反；

c. 羸，力爲反；離，呂移反；李，里，理，良士反；力，良直反；閭，呂，力舉反；

b 組上字互用，是跟 a 組同類還是跟 c 組同類？查《韻鏡》、《七音略》「內轉第十一」圖，「盧」「魯」「路」平、上、去相承，同屬來母一等，則盧、魯同聲類，a 組，b 組應該是同一個聲類。

兩個或兩個以上的反切上字可以系聯爲一類而應對立的情況，如女類的反切上字：

女，乃**攖**反；尼，女脂反。

　　但是，乃，奴亥反。屬於奴類字。按照反切系聯法，女、尼跟奴類字系聯。在韻圖裏，女、尼排在三等娘母，乃、奴擺在一等泥母，分屬不同的字母。我們把女、尼跟乃分開，分屬不同的聲類。這樣，奴類、女類分別歸爲不同的聲母泥母和娘母。

2.1.5　音系表解法

　　所謂音系表解法，指採用表解的方式分析音韻材料的音類，進而展示音系的方法。具體說來，把音韻材料的反切或直音置於一個按聲母、韻母和聲調相配合的音節表中，展示每個字的音韻地位。李榮先生的《切韻音系》的《單字音表》，邵榮芬先生的《切韻研究》就是把《王三》的小韻反切表解成聲韻調配合表。本文也採取這個方法把《裴韻》的小韻反切做成單字音表。

2.1.6　類相關法

　　所謂類相關法，指研究重紐反切類別規律的方法。具體說來，在重紐反切中，上字若屬於 A 類，則被切字也屬於 A 類，上字屬於 B 類，則被切字也屬於 B 類。本文第六章《重紐的研究》專有一節討論《裴韻》重紐反切的類相關問題。

2.1.7　統計法

　　統計法是用數學統計的方法處理音韻材料的方法。大致分爲三類：算術統計，概率統計和數理統計。其中，算術統計運用最普遍，用加、減、乘、除、乘方、開方、百分比等方式計算音類出現的次數、頻率，進而提供判斷音類分合的依據。本文主要採用算術統計法計算反切用字的次數和百分比。

2.2 《裴韻》反切上字聲母類別的整理情形

　　依據以上方法，我們《裴韻》反切上字的類別整理爲 51 個，以下將這 51 個聲類整理情況依次描述。

1、博類

（1）可以系聯的反切上字：

博，補各反；北，博墨反；補／**補**，博戶反；百，博白反；八，博拔反；布，博故反；鄙，八美反。

博、北等七個反切上字可以系聯，是同一個聲類。

（2）因為韻書殘缺而不能系聯的反切上字：

逋字

《裴韻》逋作反切上字 1 次：「碧，逋逆反，羑石，一。」

《切三》：「逋，博孤反，四。」《王一》：「逋，博孤反，賒懸，八。」《王三》也作：「逋，博孤反，賒懸，八。」《廣韻》：「逋，懸也。博孤切，十三。」《切三》、《王一》、《王三》和《廣韻》中都收有「逋」字，所收「逋」字的詞義也相同，音義都相同，都是幫母字。逋字在以上韻書中屬模韻，《裴韻》模韻缺失。因爲《裴韻》逋在以上幾部韻書中也是博類字，又因《裴韻》逋的被切字「碧」在以上幾部韻書中是幫母字，可知《裴韻》「逋」也應是博類字。

2、並類

（1）可以系聯的反切上字

並，府盈反；必，卑吉反；畢，卑吉反；方，府良反；府，方主反；甫，方主反；彼，卑被反；筆，鄙密反；卑，必移反；封，府容反；變，彼眷反。

這組反切上字可以爲同一個聲類。

（2）因為韻書殘缺而不能系聯的反切上字：

肤字

《裴韻》：「牝，肤履反，又略忍反，一。」膚作反切上字 1 次。《王一》和《王三》皆作：「膚，體肌，亦作膚。」「甫于反。」《廣韻》膚同膚，「甫無切，」「皮膚，又美也，傳也。」《王一》、《王三》和《廣韻》所收膚字相同，詞義也相同，都是幫母字，虞韻。《裴韻》缺「虞」韻部的字。「肤」字可與甫類反切上字系聯爲一類。

《切三》：「牝，扶履反，又毗忍反，一。」《王三》「牝，扶履反，又毗忍反，

一。」《廣韻》「扶履切，又毗忍切，一。」扶和毗都屬並母字，反切上字和被切字的聲類一致。由此我們認爲有兩種可能，一種可能「肤」爲「扶」字之誤；一種可能是《裴韻》以清音字注濁音字，暫將它與甫類反切上字放在一類。

分字

《裴韻》：「分，扶問反，從八刀，又方問反，二。」《王三》「分，府文反。」與之同類。在與文韻相配的去聲問韻裏，《裴韻》文韻缺失。根據此條注釋，我們暫把反切上字「分」與「方、府」類字歸爲一類。

3、非類

非字

《切二》：「非，匪肥反，……不是」。《切三》：「非，匪肥反，……不」。《王一》：「非，匪肥反，……不是」。《廣韻》：「非，不是也，責也，違也，亦姓，《風俗通》有非子，伯益之後。……甫微切」。以上韻書中非屬幫母，微韻。《切三》《王一》《王三》中皆作「匪，非尾反。」非和匪可以系聯爲一類，《裴韻》：「匪，非尾反。」我們暫把《裴韻》的反切上字「非」和「匪」歸爲一類。

4、普類

普，滂古反；怖，普故反；滂，普郎反；匹，譬吉反；譬，匹義反；妃，普佩反。

5、芳類

（1）可以系聯的反切上字：

芳，敷方反；撫，敷武反；披，敷羈反；敷。

芳撫披敷可以系聯爲一類。

（2）因小韻殘缺不能系聯的反切上字：

紛字

《切三》文韻：「紛，紛紜。無云反。」上田正《切韻諸本反切總覽》P32校注「無云」爲誤寫。《王三》：「撫云反。紛，紛紜。」《廣韻》文韻：「撫文切。紛，紛紜眾也亂也。」《裴韻》的反切上字紛的被注字「溢：紛問反，含水，二。」「溢」小韻另一字：「忿，怒也，又敷粉反。」

我們暫將「紛」與「撫」歸爲同類。

孚字

《切三》和《王一》相同：孚屬敷小韻，撫夫反，信。《王三》：孚，信。撫扶反。《廣韻》：「孚，信也。芳無切。」孚的被切字被：「孚勿反，除災也，又孚吷反，一。」被在《王三》中爲敷物反，意「除」。《廣韻》「敷勿切」，「除災求福亦絜也又音廢」。由以上比較，我們把「孚」與「撫」歸爲一類。

6、被類

（1）反切上字可以系聯的：

被，皮彼反；婢，避尔反；避，婢義反；平，符兵反；房／防，符方反；馮，扶隆反；浮，父謀反；父，扶宇反；皮，符羈反；毗，房脂反；憑，扶冰反。

（2）因為韻書殘缺而不能系聯的反切上字：

扶字

《切三》：「扶，持，附夫反，十。」《王一》：「扶，坿夫反，持，十六。」《王三》「扶，附夫反，持，十六。」扶的被切字馮，《裴韻》：「馮，扶隆反，三，如姓也，邑也，從水作非。」比較這些韻書中扶字反切，再用系聯的方法，可以推知扶與父類字同類。

符／苻字

《切三》：符，牒。／苻，鬼木草名，附夫反。《王一》：苻，鬼木草名，坿夫反。《王三》：符，竹符，附夫反。符的被切字逢，《裴韻》：「逢，符容反，三加三，遇也。」《切三》：「逢，苻容反，四。」《王三》：「逢，苻容反，遇，俗作夆，音降誤。」反切上字逢，在《王三》的聲類中屬並母父類。《裴韻》符苻，可歸入父類。

頻字

《切三》：「頻，符鄰反。」《王三》相同：「頻，符鄰反。」《王三》頻可以系聯歸於並母父類。《裴韻》：「裨，頻移反，五加二，副捋也，助。」《王三》：「裨，蓋。府移反。」《廣韻》：「裨，裨補也，增也，與也，附也，助也，又音陴。府移反。」

7、薄類

（1）可以系聯的反切上字：

薄，傍各反；步，薄故反；傍，步光／蒲浪反；旁，步光反；琶，蒲巴反；蒲／蒲。

（2）因為小韻殘缺而不能系聯的反切上字：

裴字

《切三》：「薄恢反，五。」《王一》：「裴，薄灰反，人姓，七。」《王三》：「裴，薄恢反，人姓七。」《廣韻》：「裴，即裴縣名，案：〈漢書地理志〉，在魏郡，應劭音非，本又音陪。」符非切又作薄回切。裴的被切字簿，《裴韻》：「簿，裴古反，籍一。」在《切三》中釋作：「簿籍，裴古反，一。」《王三》存「簿」字，缺反切。《廣韻》：「簿，簿籍，又車駕次第爲鹵簿，裴古切，二。」我們將「裴」字歸入薄類聲母。

盆字

《切三》：「盆，蒲奔反，三。」《王三》：「盆，蒲昆反，大盎，四。」《廣韻》：「盆，瓦器，亦作瓫，《爾雅》曰：『盆謂之缶。』《說文》曰：『盎也，又姓。』《風俗通》云，盆成括仕齊，孟軻知其必死，其子逃難，改氏成焉。蒲奔切，四。」盆字的被釋字坌，《裴韻》：「坌，盆悶反，麇。」《王三》：「坌，蒲悶反，塵坌，四。」《王一》：「坌，蒲悶反，塵二。」《唐韻》：「坌，塵也，蒲悶反，一。」《廣韻》：「坌，塵也，亦作坋，蒲悶切，二。」我們將「盆」字歸於蒲類聲母。

8、武類

（1）可以系聯的反切上字：

武，無主反；望，武方反；明，武兵反；靡，文彼反；文，密美反；筆；美，無鄙反；眉，武悲反；無；亡，武方反；彌，武移反。

（2）因為韻書殘缺而不能系聯的反切上字：

民

《切三》：「民，彌鄰反，三。」《王三》：「彌鄰反，文帝諱，四。」由此推知，《裴韻》民可以歸入武類。

9、莫類

　（1）可以系聯的反切上字：

　暮，莫故反；莫，暮各反；摸，暮各反。

　（2）因為小韻殘缺而不能系聯的反切上字：

　　謨

　《切三》：「莫胡反。謀。」《王一》：「謨，莫胡反。謨亦作暮。」《王三》：「莫胡反。謀，亦作暮。」可以推知謨可歸入莫類。

10、當類

　（1）可以系聯的反切上字：

　當，都郎反；郎，魯唐反；得，多則反；德，多則反；丁，當經反；冬，都宗反；多，得何反；抗，都感反。

　（2）因為小韻殘缺而不能系聯的反切上字：

　　都

　《切三》：「都，丁胡反，三。」《王一》：「都，丁姑反，大邑，四。」《王三》：「都，丁姑反，大邑，四。」推知反切上字都歸入丁類聲母。

　　丹

　《切三》：「丹，都寒反。赤色。」《王一》：「丹，都寒反，赤。」《王三》：「丹，都寒反。赤。」

　依此，將丹與當、都、丁、得、德、冬、多、抗系聯起來為一聲類。

11、他類

　（1）可以系聯的反切上字：

　他，託何反；土／吐，他古反／湯故反；託，他各反；湯，吐郎反。

　（2）因為小韻殘缺而不能系聯的反切上字：

　　天

　《王三》：「天，他前反，上玄，三。」《切三》：「天，他前反，二。」我們姑且把《裴韻》的反切上字天歸入他類聲母。與他吐土託湯系聯為一個聲類。

12、徒類

（1）反切上字可以系聯為一類：

大，徒蓋反；杜，徒古反；度，徒故反；唐，徒郎反；堂，徒郎反；特，徒德反；陁，徒何反。

13、奴類

奴　內，奴對反；那，諾何反；乃，奴亥反；泥，乃礼反；諾，奴各反。
反切上字可以系聯為一類。

14、陟類

（1）可以系聯的反切上字：

陟，竹力反；竹，陟六反；褚，丁呂反；張，陟良反；知，陟移反；中，陟仲反；追，陟佳反。

（2）因為小韻殘缺而不能系聯的反切上字：

豬

《切二》、《切三》、《王三》反切同：「豬，陟魚反。」依此把豬字歸入陟類。

著

《王一》：「著，張慮反，表記，又持略、張略二反，一。」《王三》：「著，張慮反，又持略、張略三反。」《唐韻》：「著，聞也，所慮反，又張略、長略二反，一。」據此，我們把著字放入陟類，可與陟褚張知中追系聯起來。

15、勅類

勅，恥力反；褚，丑呂反。

16、直類

（1）可以系聯的反切上字：

直，除力反；除池，直知反；馳，直知反；宅，瑒陌反；丈，直兩反；治，直吏反；峙，直里反；佇，除呂反；貾，直尼反；場（瑒）趍，直知反。

（2）因為小韻殘缺而不能系聯的反切上字：

持

《切二》、《切三》均作「直之反。」《王三》：「直之反，執。」據此我們把

它歸入直類。

17、女類

女，乃據反；尼，女脂反。

按：裴韻女，乃據反。乃，奴亥反。女、乃、尼似乎可以系聯。但是，在韻圖裏，女、尼排在三等娘母，乃、奴擺在一等泥母，分屬不同的等和字母。邵榮芬先生的《切韻研究》論證了《切韻》泥、娘分立的問題，特別引證了顏師古《漢書》注的反切中泥娘分立的事實，有意思的是，顏師古《漢書》注的反切泥、娘截然對立，可是有一個例外反切：「女，乃據反」，這跟裴韻的情形一致。邵先生指出：「女，三等，乃，一等，用一等切三等。不過這個反切出現在全書的末了，前面『女』字兩次出現都作『尼**攄**反』，『乃』字很可能是『尼』字的誤字。」〔註6〕裴韻的「女，乃據反」的「乃」字是否爲誤字，因爲證據不足，我們不敢說，但是可以肯定的是，裴韻中凡是用「女」字作反切上字的反切小韻字，在韻圖中一律屬於娘母而不是泥母。此外，《切三》：「女，尼與反，二。」《王一》：「女，尼與反，女子，二。」《王三》：「女，尼與反，子女，二。」《切三》、《王一》、《王三》女字都用「尼」作上字，也跟韻圖的分類一致。因此，我們有理由把裴韻的「女，乃據反」看作例外反切，並根據審音法和反切比較法，把娘母獨立出來。

18、郎類

郎，魯唐反；魯，郎古反；勒，盧德反；練，洛見反；落，盧各反；洛，盧各反；盧。

按：郎、魯互用。《韻鏡》《七音略》來母上聲字「魯」跟來母平聲字「盧」相承，則「魯」、「盧」聲類相同。

19、力類

（1）可以系聯的反切上字：

力，良直反；贏，力爲反；李、里、理，良士反；六，力竹反；呂，力舉反；離，呂移反；良，呂張反。

〔註6〕邵榮芬《切韻研究》，34～36頁，中國社會科學出版社1981年。

（2）因為小韻殘缺而不能系聯的反切上字：

閭

《切二》：「閭，里閭。力魚反。」《切三》：「閭，門。力魚反。」《王三》：「閭，力魚反。閭閈。」閭可以與力類聲母系聯起來。

20、子類

（1）可以系聯的反切上字：

子，即里反；即，子力反；將，即良反；則，子得反；觜，姊規反；姊，將几反；紫，蔣此反；醉，將遂反；咨、資，即脂反。

（2）因為小韻殘缺而不能系聯的反切上字：

遵

《切三》：「遵，將倫反，二。」《王三》：「遵，將倫反，承，二。」據此，《裴韻》反切上字遵可與子類系聯為一類。

21、作類

作，則各反。

22、倉類

（1）可以系聯的反切上字：

倉，七良反；蒼，七良反；此，雌氏反；次，七四反。

（2）因為小韻殘缺而不能系聯的反切上字：

采

《切三》同《王三》：「采，文采。倉宰反。」采可以與倉等字系聯為一類。

麤

《切三》《王一》同《王三》：「麤，倉胡反，米不精。」麤可以與倉類系聯。

千

《切三》同《王三》：「千，倉先反。」千可以與倉類系聯。

23、七類

（1）可以系聯的反切上字：

七，親悉反；雌，七移反；取，七庾反；淺；親；且。

（2）因為韻書殘缺而不能系聯的反切上字：

且

《切三》：「且，七野反。」《王一》：「且，七野反，發詞，一。」

淺

《切三》：「淺，七演反，一。」《王一》：「七演反，不深。」《王三》獮韻：「七演反，不深，一。」據此我們把淺同七類字系聯起來。

24、昨類

（1）可以系聯的反切上字：

昨，在各反；憨，昨甘反；在，昨改反。

（2）因為韻書殘缺而不能系聯的反切上字：

徂

《切三》：「徂，往，昨姑反，二。」《王一》：「昨姑反，往，亦作退，三。」《王三》：「昨姑反，往。」據此把徂與昨類系聯起來。

才

《切三》「才，昨來反。學。」《王一》：「才，昨來反。能。」《王三》：「昨來反。能才。」據此把才歸入昨類。

存

《切三》：「存，徂尊反，二。」《王三》：「存，徂尊反，生，二。」據此將存與徂昨系聯起來。

25、疾類

疾，秦悉反；聚，慈庾反；字，疾置反；自，疾二反；絕，情雪反；情，疾盈反；秦；慈。

26、息類

（1）可以系聯的反切上字：

息，相即反；先，蘇見反；桑，息郎反；素，蘇故反；速，送谷反；斯，息移反；私，息脂反；思，相吏反；雖，息遺反；相，息良反；送，蘇弄反；心，息林反；蘇（蘇）。

（2）因為小韻殘缺而不能系聯的反切上字：

胥

《切二》：「胥，息魚反，七。」《切三》：「胥，思余反，七。」《王一》：「胥，息魚反，相迎。」據此把胥與息思類字系聯起來。

辛

《切三》眞韻，「息反，辛，苦。」《王三》：「辛，思鄰反，罪辛。」據此把辛與息思系聯起來。

27、詳類

（1）可以系聯的反切上字：

詳，似羊反；似，詳里反；隨，彼爲反；囚，似由反。

（2）因為小韻殘缺而不能系聯的反切上字：

徐

《切二》：「似魚反，三。」《切三》：「似魚反，三。」《王三》：「徐，似魚反，緩步四。」

旬

《切三》真韻：「旬，詳遵反，七。」《王三》真韻：「旬，詳遵反，十日，十三。」據此將旬與詳類聲母系聯起來。

辭

《切二》：「辭，理訟。似茲反。」《切三》：「辭，又作辤。似茲反。」《王一》：「辭，獄訟。似茲反。」《王三》：「辭，似茲反。獄訟亦作辤。」據此，將辭與似詳等反切上字系聯起來。

28、側類

（1）可以系聯的反切上字：

側，阻力反；莊，側良；爭，側莖；譖，側今；滓，側里；阻，側呂。

29、楚類

（1）可以系聯的反切上字：

楚，初舉反；測、惻，初力反；叉，初牙；廁，初吏；初。

（2）因為小韻殘缺而不能系聯的反切上字：

芻

《切三》虞韻：「芻，測隅反，一。」《王三》：「芻，測禺反，草。」據此將芻與測類字系聯起來。

30、士類

士，鋤里反；仕，鋤里反；助，**鋤**攄反；鋤鉏。

31、所類

（1）可以系聯的反切上字：

所，踈舉反；色，所力反；踈，所**攄**反。

（2）因為小韻殘缺而不能系聯的反切上字：

山

《切三》：「山，所間反，三。」《王三》：「山，所間反，宣，三。」

32、職類

（1）可以系聯的反切上字：

職、職，之翼反；章，諸良反；諸，旨，職雉反；止，諸市反；之，止而反；支，章移反；主，之庾反。

（2）因為小韻殘缺而不能系聯的反切上字：

韻真

《切三》：「真，職鄰反，俗作眞，四。」《王三》：「真，職鄰反，俗作眞，四。」據此將真與職類反切上字系聯起來。

33、昌類

（1）可以系聯的反切上字：

處，昌与反；尺，昌石反；昌，處良反；叱，齒日反；充，處隆反；赤，昌石反；鴟，處脂反；齒，昌里反；

（2）因為小韻殘缺而不能系聯的反切上字：

蚩

《切二》：「蚩，蟲名也，赤之反。」《切三》：「蚩，蟲名，赤之反，二。」

《王三》:「蚩，尺之反，蟲名，六。」可將蚩與赤、尺類字系聯起來。

34、常類

常，時羊反；蜀，市玉反；時，市之反；是、氏，丞紙反；視，承旨反；市，時止反；署，常慮反；丞、承，署陵反；植，常職反；豎，反；殊主反；樹，殊遇反；殊。

35、式類

（1）可以系聯的反切上字：

式，聲職反；識，聲職反；室，識質反；詩，書之反；失，識質反；施，式支反；釋，施隻反；傷，書羊反；聲，書盈反；始，詩止反；書。

（2）因為小韻殘缺而不能系聯的反切上字：

舒

《切二》:「舒，展。傷魚反。」《切三》:「舒，開。傷魚反。」《王一》:「舒，展。傷魚反。」《王三》:「舒，傷魚反，散。」與書反切相同，是同一小韻。《王三》:「書，傷魚反，文書，七。」舒書傷等字可以系聯起來。

36、食類

（1）可以系聯的反切上字：

食，乘力反；實，神質反；乘，實證反。

（2）因為小韻殘缺而不能系聯的反切上字：

脣

《切三》:「脣，食倫反。」《王三》:「脣，食倫反，口脣，三。」據此將脣與食類字系聯起來。

神

《切三》:「神，食鄰反，二。」《王三》:「神，食鄰反，精氣，二。」可以將神字與食類字系聯。

37、而類

（1）可以系聯的反切上字：

而，如之反；汝，如與反；如；耳，而止反；任，女鴆反；仍，如承反；爾，兒氏反；兒。

（2）因為小韻殘缺而不能系聯的反切上字：

儒

《王三》虞韻：「儒，日朱反，碩德，九。」《切三》：「儒，日朱反，七。」《裴韻》被切字有「日」：「日，人質反，太陽之精，四。」據此將儒和日類字系聯起來。

人

《切三》真韻：「人，如鄰反。」《王三》：「人，如鄰反。」人可以和日、如系聯起來。儒人日如等字都能系聯為一類。

38、居類

（1）可以系聯的反切上字：

居；飢，居脂反；詭，居委反；嬀，居為反；奇，居宜反；舉，居許反；九、久，舉有反；几，居履反；癸，居履反；紀，居似反；軌，居美反；勁，居盛反；恭，駒冬反；駒。

（2）因為韻書殘缺而不能系聯的反切上字：

俱

《切三》虞韻：「俱，皆俱。舉隅反。」《王三》虞韻：「俱，偕。舉隅反。」據此將俱與舉類字系聯起來。

39、古類

（1）可以系聯的反切上字：

古，姑戶反；姑；工、公，古紅反；剛，古郎反；瓜，古華反；各，古洛反；格，古洛反；覺，古岳反。

（2）因為小韻殘缺而不能系聯的反切上字：

堅

《切三》：「堅，固，古賢反，十。」《王三》先韻：「堅，古賢反，固，十。」堅可與古類字系聯為一類。

40、去類

（1）可以系聯的反切上字：

去，羌呂反；卿，去京反；詰，去吉反；弃，詰利反；氣，去既反；卻，

去約反；傾，去盈反；起，墟里反；墟；驅，主遇反；曲，起玉反；丘，去求反；綺，墟彼反；埼，去奇反；窺，去隨反；羌，去良反。

（2）因為小韻殘缺而不能系聯的反切上字：

遣

《切三》獮韻：「遣，去演反，三。」《王三》：「遣，去演反，送，七。」可將遣與去類字系聯起來。

區

《切三》虞韻：「區，氣俱反，六。」《王三》虞韻：「區，氣俱反。」可與氣去類字系聯為一類。

41、苦類

苦，枯戶反；枯；客，苦陌反；口，苦厚反；恪，苦各反；康，苦栞反；空，苦紅反。

42、巨類

（1）可以系聯的反切上字：

巨，其呂反；其，渠之反；渠，求，巨鳩反；葵，渠隹反；逵，渠追反；暨，其器反。

（2）因為小韻殘缺而不能系聯的反切上字：

叵

《裴韻》叵的被注字是菏：「叵羅反，菏子，二。」上田正《切韻諸本反切總覽》P48 校注叵是「巨的誤寫。」我們把它歸入「巨」類字。

衢

《切三》虞韻：「衢，巷衢。其俱反。」《王三》：「衢，街。其俱反。」可與其類字系聯。

43、魚類

（1）可以系聯的反切上字：

魚，語居反；語，魚舉反；危，魚為反；宜，魚羈反；牛，語求反；義，宜寄反；虞，語俱反。

44、五類

五，吾古反；吾。

45、虎類

（1）可以系聯的反切上字：

虎，呼古；荒，呼光；霍，虓郭反；呼；呵，虎何反；血，呼決反。

（2）因為韻書殘缺而不能系聯的反切上字：

海

《切三》同《王三》，海韻：「海，呼改反。」可以將海與呼虎類字系聯。

46、許類

（1）可以系聯的反切上字：

許，虛舉反；虛、虐、虔；香，許良反；戲，羲義反；興，虛陵反；羲，許羈反；況，許放反。

（2）因為小韻殘缺而不能系聯的反切上字：

希

《切二》微韻：「希，虛機反，少，八。」《切三》：「希，虛機反，六。」《王一》：「希，虛機反，少，八。」《王三》微韻：「希，虛機反，少，八。」可以將希與虛類字系聯起來。

47、戶類

（1）可以系聯的反切上字：

戶，胡古反；下，胡訝反；胡；侑，尤救反；黃，胡光反；爲，蓮支反；熒，乎丁反；侯，胡溝反；何，胡哥反；蓮，爲萎反。

（2）因為韻書殘缺而不能系聯的反切上字：

玄

《切三》：「玄，胡涓反，天，五。」《王一》：「玄，胡涓反。虛玄，七。」《王三》：「玄，胡涓反，天，七。」據此將玄與戶類上字系聯。

48、王類

（1）可以系聯的反切上字：

王，雨方反；雨，于矩反；榮，永兵反；永；洧，熒美反；尤，羽來反；

羽，于矩反；于；英，于驚反。

（2）因為小韻殘缺而不能系聯的反切上字：

韋

《切二》：「韋，皮。王悲反。」《切三》：「韋，姓。王非反。」《王三》微韻：「韋，皮。王非反。」據此將韋歸入王類。

云

《切三》：「云，言。戶分反。」《王三》：「云，言。王分反。」

乎

《王三》模韻：「乎，詞。戶吳反。」《切三》：「乎，何。戶吳反。」可與戶類字系聯。

火

《王一》哿韻：「火，乎果反，燬，二。」《王三》：「火，呼果反，燬。」

49、烏類

愛，烏代反；烏；一，憶質反；阿，烏何反。

50、乙類

（1）可以系聯的反切上字：

乙，扵筆反；應，扵證反；伊，扵脂反；憂，扵求反；憶，扵力反；於；扵。

（2）因為小韻殘缺而不能系聯的反切上字：

安

《切三》：「安，烏寒反，四。」《王一》：「安，烏寒反，泰，五。」《王三》：「安，烏寒反，泰，五。」據此，安可以與烏類字系聯。

恩

《切三》痕韻：「恩，烏痕反，一。」《王三》：「恩，烏痕反，愛，二。」據此，將恩與烏類字系聯。

紆

《切三》虞韻：「紆，縈，憶俱反，四。」《王三》：「紆，憶俱反，縈，十。」據此可將紆與憶類字系聯起來。

51、与類

（1）可以系聯的反切上字：

与，余舉反；余；弋，与職反；以，羊止反；夷，以脂反；移，弋支反；
羊，与章反；由，以周反；翼，与職反；營，余傾反。

（2）因為小韻殘缺而不能系聯的反切上字：

余　餘

《王三》：「余，与魚反，我亦作予同，卅一。」「餘，殘，与魚反。」《切
二》：「余，與魚反，十。」「餘，殘餘。與魚反。」據此我們把「余、餘」放在
「与」類。

2.3 聲類表

說明：反切上字後面注明該反切上字出現的次數，其後是該字的反切，省
略「反」字。異體字之間用「 ／ 」隔開，如博 ／博補各＝博 ／博，補各反。

《裴韻》　427 個反切上字，51 個聲類

1	博 ／博 20 補各　北 3 博墨　補 4 博戶　百 2 博白　八 1 博拔　逋 2 彼 5 卑被　布 1 博故
2	並 1 府盈　必 6　畢 2 卑吉　方 19 府良　府 9 方主　甫 1 方主　補 2 筆 1 鄙密　卑 4 必移　膚 1　鄙 3 八美　封 1 府容　變 1 彼眷　分 1
3	非 1
4	普 25 滂古　怖 1 普故　滂 2 普郎　匹 24 譬吉　譬 1 匹義　妃 1 普佩　叵 2
5	芳 10 敷方　撫 4 敷武　披 1 敷羈　紛 1　孚 1　敷 11
6	扶 11　符 13 ／苻 1　被 1 皮彼　婢 1 避爾　避 1 婢義　頻 1　平 1 符兵　房 8 符方　防 3 符方　馮 1 扶隆　浮 1 父謀　父 2 扶字　裴 1　盆 1　皮 3 符羈　毗 5 房脂　憑 1 扶氷
7	薄 15 傍各　蒲 17 ／蒲 1　步 3 薄故　傍 5 步光 ／蒲浪　琶 1 蒲巴　旁 1
8	武 16 無主　無 7　文 2　望 1 武方　亡 1　明 2 武兵　民 2　靡 2 文彼　密 1 美筆　弥 3　美 2 無鄙　眉 3 武悲
9	莫 52 暮各　暮 1 莫故謨 1　摸 1 暮各
10	都 24　當 7 都郎 ／魯唐　得 1 多則　德 2 多則　丁 19 當經　多 2 都宗　多 7 得何　抌 1 都感　丹 1
11	他 40 託何　天 1　土 1 ／吐 6 他古 ／湯故　託 3 他各　湯 1 吐郎

12	徒 46　大 2 徒盖　杜 3 徒古　度 1 徒故　唐 2 徒郎　堂 2 徒郎　特 3 徒德　陁 2 徒何
13	奴 29　內 1 奴對　那 1 諾何　乃 13 奴亥　泥 1 乃礼　諾 2 奴各
14	陟 31 竹力　竹 10 陟六　褚 1 丁呂　張 5 陟良　知 5 陟移　中 1 陟仲　豬 1　著 1　追 1 陟隹
15	丑 41　勅 11 恥力　恥 1　褚 1 丑呂
16	直 40 除力　池 1 直知　持 2　趍 1 直知　馳 1 直知　除 3　宅 3 瑒陌　丈 1 直兩　治 2 直吏　峙 1 直里　佇 1 除呂　貾 1 直尼　場（瑒）1
17	女 30 居寧　尼 2 女脂
18	盧 26　洛 5 盧各　郎 4 魯唐　魯 4 郎古　勒 2 盧德　落 2 盧各
19	力 42 良直　呂 7 力舉　良 5 呂張　羸 1 力爲　練 1 洛見　六 1 力竹　離 1 呂移　閭 1 李 1 / 里 1 / 理 1 良士
20	子 48 即里　即 14 子力　將 4 即良　觜 1 姊規　姊 4 將几　紫 2 蔖此　醉 1 將遂　遵 1　咨 1 / 資 2 即脂
21	作 13 則各　則 7 子得
22	倉 11　采 1　麁 2　千 12
23	七 42 親悉　蒼 1 七良　雌 1 七移　此 2 雌穎　次 2 七四　親 1　且 1　取 1 七庾　淺 1
24	昨 16 在各　徂 8　憱 1 昨甘　在 13 昨改　才 6
25	疾 14 秦悉　聚 2 慈庾　字 1 疾置　自 2 疾二　慈 4　存 1　絕 1 情雪　情 1 疾盈　秦 3
26	息 26 相即　蔖（蘇）28　先 10 蔖見　桑 2 息郎　素 1 蔖故　速 1 送谷　斯 2 息移　胥 / 胥 1　私 7 息脂　思 3 相吏　雖 1 息遺　相 5 息良　送 1 蔖弄　辛 1　心 1 息林
27	徐 7　詳 4 似羊　似 9 詳里　旬 1　隨 1 彼爲　囚 1 似由　辝 3
28	側 30 阻力　莊 1 側良　爭 1 側莖　湛 1 側今　滓 1 側里　阻 5 側呂
29	初 20　楚 21 初舉　測 1 惻 2 初力　芻 1　又 1 初牙　廁 1 初吏
30	士 17 鋤里　鋤 11 鉏 1　仕 2 鋤里　助 2 鋤攄
31	所 38 疎舉　山 9　色 2 所力　疎 5 所攄
32	職 10 軄 3 之翼　諸 7　章 1 諸良　旨 3 職雉　止 1 諸市　之 27 止而　支 1 章移　主 1 之庾　眞 1
33	處 7 昌与　尺 12 昌石　昌 11 處良　叱 2 齒日　充 4 處隆　赤 1 昌石　鴟 1 處脂　齒 1 昌里　蚩 1
34	常 6 時羊　蜀 1 市玉　時 9 市之　是 6 穎 1 丞紙　視 2 承旨　市 9 時止　署 1 常慮　丞 1 承 3 署陵　殊 3　植 1 常職　豎 1 殊主　樹 1 殊遇

35	書 8 式 18 聲職 識 3 聲職 室 1 識質 詩 2 書之 舒 5 失 5 識質 施 2 式支 釋 1 施隻 傷 1 書羊 聲 2 書盈 始 1 詩止
36	食 7 乘力 脣 1 實 1 神質 乘 1 實證 神 6
37	而 22 如之 如 11 汝 3 如与 儒 1 耳 1 而止 兒 1 人 4 任 1 女驗 仍 1 如承 爾 1 兒氏
38	居 55 飢 1 居脂 詭 1 居委 竒 2 居宜 舉 3 居許 九 3 久 1 舉有 几 2 居履 癸 1 居履（依《王三》《廣韻》改爲居誄） 紀 2 居似 嬌 1 軌 1 居美 勁 1 居盛 俱 2 駒 1 恭 1 駒冬
39	古 91 姑戶 工 1 公 1 古紅 剛 1 古郎 堅 2 瓜 1 古華 姑 3 各 1 古洛 格 1 古洛 覺 1 古岳
40	去 33 羌呂 卿 1 去京 詰 1 去吉 氣 1 去既 卻 1 去約 傾 1 去盈 起 3 墟里 驅 1 主遇 曲 1 起玉 丘 17 去求 墟 4 窺 1 去隨 羌 1 綺 2 墟彼 嫺 1 去竒
41	苦 60 枯戶 客 3 苦陌 口 10 苦厚 恪 2 苦各 康 2 苦枭 枯 2 遣 1 空 1 苦紅 區 1 弃 1
42	渠 27 巨 12 其呂 其 16 渠之 求 1 巨鳩 葵 1 渠隹 暨 2 其器 逑 1 渠追 衢 1
43	魚 31 語居 語 9 魚舉 危 1 魚爲 宜 3 魚羈 牛 3 語求 義 2 宜寄 虞 2 語俱
44	五 54 吾古 吾 4
45	呼 37 虎 8 呼古 火 10 荒 2 呼光 霍 1 虩郭 呵 1 虎何 血 1 呼決
46	許 63 虛舉 虛 7 虗 3 虙 1 希 1 香 4 許良 戲? 1 羲義 興 1 虛陵 況 2 許放 義 1 許羈 海 1
47	胡 65 戶 20 胡古 下 13 胡訝 侑 1 尤救 永 2 爲 3 薳支 熒 1 乎丁 侯 2 胡溝 何 1 胡哥 乎 2 薳 1 爲菱 榮 2 永兵 洧 1 熒美
48	王 5 雨方 雨 1 于矩 于 7 韋 1 云 3 黃 1 胡光 玄 1 尤 1 羽來 羽 5 于矩 英 2 于驚
49	烏 50 愛 1 烏代 安 1 阿 2 烏何 恩 1
50	於 4 扵 79 乙 5 扵筆 紆 3 應 1 扵證 伊 3 扵脂 憂 1 扵求 憶 1 扵力 一 4 憶質
51 章	餘 10 与 8 余舉 弋 3 与職 以 16 羊止 余 9 夷 2 以脂 移 1 弋支 羊 5 与 由 1 以周 翼 1 与職 營 1 余傾

2.4 《裴韻》的聲母

利用音位分析法和審音法，我們將《裴韻》的 51 個聲類歸納爲 36 個聲母。以下所列每類聲母所包括的聲類列出反切上字及其反切，第一字是被切字，其後第二字和第三字是該字的反切，省略「反」字。如北博墨＝北，博墨反。異體字之間用「／」隔開，如博／博補各＝博／博，補各反。

唇音

1、幫母（23 個切上字 / 91 個小韻 / 3 個聲類）

（1）博 / 博補各（一等） 北博墨（一等） 補博戶（一等） 百博白（二等） 八博拔（二等） 逋（一等） 布博故（一等）

（2）並府盈（三等） 必（三等） 畢卑吉（三等） 方府良（三等） 府方主（三等） 甫方主（三等） 筆鄙密（三等） 卑必移（三等） 膚（三等） 鄙八美（三等） 封府容（三等） 變彼眷（三等） 分（三等） 彼卑被（三等）

（3）非（三等）

以上三類唇音字，它們在韻圖上的位置是互補分佈的，所以歸爲一個聲母，叫作幫母。

2、滂母（13 個切上字 / 84 個小韻）

① 普滂古（一等） 怖普故（一等） 滂普郎（一等） 妃普佩（一等） 匹（一等）

② 芳敷方（三等） 撫敷武（三等） 披敷羈（三等） 紛（三等） 孚（三等） 敷（三等） 匹譬吉（三等） 譬匹義（三等）

在等韻圖中它們的分等很清楚，一等、三等互補，爲我們將它們合爲一個聲母滂母。

3、並母（25 個切上字 / 99 個小韻）

① 扶（一等） 符 / 苻（一等） 被皮彼（一等） 婢避爾（一等） 避婢義（一等） 頻（一等） 平符兵（一等） 房 / 防符方（一等） 馮扶隆（一等） 浮父謀（一等） 父扶宇（一等） 皮符羈（一等） 毗房脂（一等） 憑扶冰（一等）

② 蒲 / 蒲（三等） 薄傍各（三等） 步薄故（三等） 傍步光 / 蒲浪（三等） 旁（三等） 琶蒲巴（二等） 盆（三等） 裴（三等）

這兩類反切上字在韻圖中是互補的關係，因此歸併爲一個聲母。

4、明母（16 個切上字 / 97 個小韻）

① 武無主（三等） 無（三等） 文（三等） 望武方（三等） 亡（三

等） 明武兵（三等） 民（三等） 靡文彼（三等） 密美筆（三等） 弥

（三等） 美無鄙（三等） 眉武悲（三等）

② 暮莫故（一等） 莫暮各（一等） 謨（一等） 摸暮各（一等）

它們在韻圖中呈互補分佈，可歸爲一個聲母。

5、端母（9 個切上字／64 個小韻）

都　當都郎　郎魯唐　得多則　德多則　丁當**経**　冬都宗　多得何　抌

都感　丹

6、透母（6 個切上字／52 個小韻）

他託何　天　土／吐他古／湯故　託他各　湯吐郎

7、定母　（8 個切上字／61 個小韻）

徒　大徒蓋　杜徒古　度徒故　唐徒郎　堂徒郎　特徒德　陁徒何

8、泥母　（8 個切上字／79 個小韻）

奴　內奴對　那諾何　乃奴亥　泥乃礼　諾奴各

9、知母（9 個切上字／56 個小韻）

陟竹力　竹陟六　褚丁呂　張陟良　知陟移　中陟仲　豬　著　追陟隹

10、徹母（4 個切上字／54 個小韻）

丑　勑恥力　恥　褚丑呂

11、澄母（13 個切上字／58 個小韻）

直除力　池直知　持　趍直知　馳直知　除　宅瑒陌　丈直兩　治直吏

峙直里　佇除呂　眰直尼　場（瑒）

12、娘母（2 個反切上字／32 個小韻）

女尼寧　尼女脂

13、來母　（17 個切上字／105 個小韻）

① 盧26　洛5盧各　郎4魯唐　魯4郎古　勒2盧德　落2盧各

② 力42良直　呂7力舉　良5呂張　羸1力爲　練1洛見　六1力竹　離

1呂移　閭1　李1／里1／理1良士

以上兩類反切上字在韻圖上呈互補分佈，所以將它們歸併爲一個聲母。

14、精母（13 個切上字／99 個小韻）

　　① 作則各（一等）　　則子得（一等）

　　② 子即里（三等）　　即子力（三等）　　將即良（三等）　　訾姊規（三等）

姊將几（三等）　　紫藉此（三等）　　醉將遂（三等）　　遵（三等）　　咨／資即

脂（三等）

　　以上兩類反切上字在韻圖上呈互補分佈，所以將它們歸併為一個聲母。

15、清母（12 個切上字／77 個小韻）

　　① 倉（一等）　　采（一等）　　麁（一等）

　　② 七親悉（三等）　　蒼七良（三等）　　次七四（三等）　　雌七移（三等）

此雌穎（三等）　　親（三等）　　且（三等）　　取七庾（三等）　　淺（四等）　　千

（四等）

　　根據兩類反切上字的互補分佈，我們把它們歸併為一個聲母。

16、從母（14 個切上字／73 個小韻）

　　① 昨在各（一等）　　徂（一等）　　憔昨甘（一等）　　在昨改（一等）　　才

（一等）

　　② 疾秦悉（三等）　　聚慈庾（三等）　　字疾置（三等）　　自疾二（三等）

慈（三等）　　存（三等）　　絕情雪（三等）　　情疾盈（三等）　　秦（三等）

　　兩類切上字呈互補關係，我們歸併為一個聲母。

17、心母（15 個切上字／90 個小韻）

心息林　　息相即　　藉／蘇　　先藉見　　桑息郎　　素藉故　　速送谷　　斯息移

胥　　私息脂　　思相吏　　雖息遵　　相息良　　送藉弄　　辛

18、邪母（7 個切上字／26 個小韻）

徐　　詳似羊　　似詳里　　旬　　隨彼為　　囚似由　　辝

19、莊母（6 個切上字／39 個小韻）

側阻力　　莊側良　　爭側莖　　潛側今　　滓側里　　阻側呂

20、初母（7 個切上字／47 個小韻）

初　　楚初舉　　測／惻初力　　芻　　叉初牙　　廁初吏

21、崇母（5 個切上字／33 個小韻）

士鋤里　鋤／鉏　仕鋤里　助鋤攄

22、生母（4 個切上字／54 個小韻）

所疎舉　山　色所力　疎所攄

23、章母（1010 個切上字／55／55／55 個小韻）

職／職之翼　諸　章諸良　旨職雉　止諸市　之止而　支章移　主之庾　眞

24、昌母（9 個切上字／40 個小韻）

處昌与　尺昌石　昌處良　叱齒日　充處隆　赤昌石　鴟處脂　蚩

25、常母（14 個切上字／45 個小韻）

常時羊　蜀市玉　時市之　是／穎丞紙　視承旨　市時止　署常慮　丞承署陵　殊　植常職　豎殊主　樹殊遇

26、書母（12 個切上字／49 個小韻）

書　式聲職　識聲職　室識質　詩書之　舒　失識質　施式支　釋施隻傷書羊　聲書盈　始詩止

27、船母（5 個切上字／16 個小韻）

食乘力　脣　實神質　乘實證　神

28、日母（10 個切上字／46 個小韻）

而如之　如　汝如与　儒　耳而止　兒　人　任女鴆　仍如承　爾兒氏

29、見母（26 個切上字／181 個小韻）

　①居（三等）　飢居脂（三等）　詭居委（三等）　奇居宜（三等）　舉居許（三等）　九／久舉有（三等）　几居履（三等）　癸居履（依《王三》《廣韻》改爲居誄）（三等）　紀居似（三等）　嬌（三等）　軌居美（三等）勁居盛（三等）　俱（三等）　駒（三等）　恭駒多（三等）

　②古姑戶（一等）　工／公古紅（一等）　剛古郎（一等）　瓜古華（二等）　姑（一等）　各古洛（一等）　格古洛（一等）　覺古岳（二等）　堅（四等）

以上兩類反切上字在韻圖上是互補分佈的，歸併爲一個聲母。

30、溪母（25 個切上字／152 個小韻）

　　① 去羌呂（三等）　　卿去京（三等）　　詰去吉（三等）　　氣去既（三等）
卻去約（三等）　　傾去盈（三等）　　起墟里（三等）　　驅主遇（三等）　　曲起
玉（三等）　　丘吉求（三等）　　墟（三等）　　窺去隨（三等）　　羌（三等）　　綺
墟彼（三等）　　嫻去奇（三等）　　區（三等）　　弃（三等）　　遣（三等）

　　② 苦枯戶（一等）　　客苦陌（二等）　　口苦厚（一等）　　恪苦各（一等）
康苦栞（一等）　　枯（一等）　　空苦紅（一等）

　　以上兩類反切上字在韻圖上呈互補分佈，可以歸併爲一個聲母。

31、羣母（8 個切上字／61 個小韻）

　　渠　巨其呂　其渠之　求巨鳩　葵渠佳　暨其器　逵渠追　衢

32、疑母　　（10 個切上字／110 個小韻）

　　① 魚語居（三等）　　蘧魚綺（三等）　　語魚舉（三等）　　危魚爲（三等）
宜魚羈（三等）　　牛語求（三等）　　義宜寄（三等）　　虞語俱（三等）

　　② 五吾古（一等）　　吾（一等）

　　在韻圖上以上兩類反切上字呈互補分佈，可以歸併爲一個聲母。

33、曉母（15 個切上字／145 個小韻）

　　① 呼（一等）　　虎呼古（一等）　　火（一等）　　荒呼光（一等）　　霍席郭
（一等）　　呵虎何（一等）　　血呼決（四等）　　海（一等）

　　② 許虛舉（三等）　　虛（三等）　　虐（三等）　　虖（三等）　　希（三等）
香許良（三等）　　戲羲義（三等）　　興虛陵（三等）　　況許放（三等）　　羲許
羈（三等）

　　以上兩類反切上字在韻圖中呈互補分佈，因此合併爲一個聲母。

34、匣母（22 個切上字／140 個小韻）

　　① 胡（一等）　　戶胡古（一等）　　下胡訝（二等）　　侯胡溝（一等）　　何
胡哥（一等）　　乎（一等）

　　② 于（三等）　　韋（三等）　　雨于矩（三等）　　王雨方（三等）　　永（三
等）　　榮永兵（三等）　　洧熒美（三等）　　云（三等）　　黃胡光（三等）　　侑
尤救（三等）　　尤羽來（三等）　　羽于矩（三等）　　英于驚（三等）　　爲蓮支
（三等）　　玄（四等）　　熒乎丁（四等）　　蓮爲菱（三等）

兩類反切上字呈互補分佈，併爲一個聲母。

35、影母（14 個切上字 / 156 個小韻）

① 烏（一等） 愛烏代（一等） 安（一等） 阿烏何（一等） **恩**（一等）

② 於（三等） 扵（三等） 乙扵筆（三等） 紆（三等） 應扵證（三等） 伊扵脂（三等） 憂扵求（三等） 憶扵力（三等） 一憶質（三等）

兩類反切上字在韻圖中分佈互補，合併爲一個聲母。

36、以母（11 個切上字 / 57 個小韻）

餘 与余舉 弋与職 以羊止 余 夷以脂 移弋支 羊与章 由以周 翼与職 營余傾

2.5 《裴韻》反切上字和等的關係

《裴韻》的反切上字分類嚴整，呈現系統性和規律性，以下我們對《裴韻》的反切上字和韻母的等之間的關係進行分析，考察它們在等位上的分佈規律。我們建立了六張表，分別描寫一等韻、二等韻、純三等韻（李榮先生的子類韻）、普通三等韻（丑類韻）、重紐韻（寅類韻）和純四等韻的反切上字的分佈情況。

一等韻的反切上字表

	反切上字
幫	博 9（一等）博 2（一等）補 3（一等）布 1（一等）方 5（三等）
滂	撫 1 三 滂 2 一 匹 2 三 叵 1 二 普 13（一等）
並	傍 2（一等）薄 9（一等）步 2（一等）防 1（三等）馮 1（三等）父 1（三等）裴 1（一等）盆 1（一等）蒲 8（一等）謨 1（一等）莫 26（一等）暮 1（一等）武 3（三等）
明	
端	丹 1（一等）當 6（一等）得 1（一等）德 2（一等）丁 8（四等）多 2（一等）都 16（一等）多 5（一等）
透	他 26（一等）湯 1（一等）土 1（一等）吐 6（一等）託 3（一等）
定	趙 1（三杜）2（一等）度 1（一等）唐 1（一等）堂 1（一等）徒 35（一等）阤 1（一等）
泥	內 1（一等）那 1（一等）乃 5（一等）奴 22（一等）諾 2（一等）

來	郎 3（一等）勒 1（一等）理 1（三等）力 2（三等）盧 22（一等）魯 3（一等）洛 4（一等）落 2（一等）
知徹澄娘	
精清從心邪	將 1（三等）則 7（一等）子 16（三等）作 11（一等） 倉 10（一等）采 1（一等）麁 2（一等）七 16（三等）千 3（四等） 才 3（一等）憁 1（一等）徂 8（一等）存 1（一等）似 1（三等）在 6（一等）自 1（一等）昨 12（一等） 桑 1（一等）私 1（三等）送 1（一等）蘇 23（一等）素 1（一等）速 1（一等）息 1（三）先 3（四等）
莊初崇生	側 2（三等）
章昌船書常	
日	
見溪羣疑曉匣影以	剛 1（一等）各 1（一等）工 1（一等）公 1（一等）姑 2（一等）古 41（一等） 康 1（一等）恪 1（一等）空 1（一等）口 4（一等）枯 1（一等）苦 33（一等）去 1（三等） 吾 2（一等）五 29（一等） 海 1（一等）呵 1（一等）虎 4（一等）荒 1（一等）火 3（一等）希 1（三等）戲 1（三等） 香 1（三等）許 1（三等） 何 1（一等）胡 36（一等）戶 4（一等）黃 1（一等）下 5（二等） 阿 2（一等）愛 1（一等）安 1（一等）烏 30（一等）一 1（三等）扵 4（三等）恩 1（一等）

二等韻的反切上字表

	反切上字
幫	百 2（二等）北 2（一等）博 7（一等）逋 3（一等）方 1（三等）
滂	芳 1（三等）匹 5（三等）撫 1（三等）普 8（一等）
並	傍 2（一等）薄 5（一等）步 1（一等）防 1（三等）扶 1（三等）琶 1（二等）蒲 6（一等）蒲 1（一等）
明	摸 1（一等）莫 16（一等）武 1（三等）
端	都 1（一等）中 1（三等）丁 3（四等）
透	他 2（一等）
定	大 1（一等）杜 1（一等）徒 2（一等）
泥	乃 2（一等）妳 1　奴 1（一等）
來	呂 2（三等）力 1（三等）
知	丁 1（四等）都 2（一等）張 1（三等）陟 4（三等）豬 1（三等）竹 1（三等）
徹	丑 8（三等）褚 1（三等）勑 2（三等）
澄	宅 3（二等）大 1（一等）場 1（三等）直 5（三等）佇 1（三等）
娘	女 13（三等）
精 清 從 心 邪	子 2（三等）
莊	側 10（三等）陬 1（三等）滓 1（三等）阻 2（三等）莊 1（三等）
初	惻 2（三等）測 1（三等）初 11（三等）楚 13（三等）人 1（三等）
崇	鉏 1（三等）鋤 4（三等）士 12（三等）助 1（三等）
生	山 3（二等）所 18（三等）
章 昌 船 書 常	
日	而 1（三等）
見	古 34（一等）格 1（一等）姑（一等）瓜 1（二等）
溪	客 3（二等）恪 1（一等）口 6（一等）枯 1（一等）苦 15（一等）丘 1（三等）

牙	
疑	吾 1（一等）五 20（一等）
曉	呼 9（一等）虎 2（一等）荒 1（一等）火 4（一等）霍 1（一等）許 11（三等）
匣	侯 2（一等）乎 1（一等）胡 22（一等）戶 11（一等）下 7（二等）
影	烏 15（一等）一 2（三等）乙 3（三等）扵 8（三等）
以	

子類韻的反切上字表

	反切上字
幫	彼 1（三等）鄙 1（三等）方 5（三等）府 1（三等）**補** 1（一等）非 1（三等）
滂	芳 2（三等）妃 1（一等）紛 1（三等）敷 3（三等）孚 1（三等）匹 2（三等）
並	被 1（三等）房 3（三等）分 1（三等）扶 3（三等）浮 1（三等）符 6（三等）
明	眉 1（三等）明 1（三等）望 1（三等）無 5（三等）武 2（三等）
端	
透	
定	
泥	
來	
知	
徹	丑 1（三等）
澄	
娘	
精	
清	千 1（四等）
從	
心	
邪	
莊	
初	叉 1（二等）
崇	
生	
章	
昌	
船	
書	

常	
日	
見	恭1（三等）几1（三等）九1（三等）居13（三等）舉1（三等）覺1（二等）奇1（三等）
溪	起1（三等）丘5（三等）區1（三等）去7（三等）綺2（三等）
羣	巨3（三等）其3（三等）渠4（三等）衢1（三等）
疑	宜1（三等）魚10（三等）語2（三等）
曉	虛4（三等）許14（三等）
匣	戶1（一等）王2（三等）爲1（三等）韋1（三等）永1（三等）于1（三等）云2（三等）
影	乙1（三等）應1（三等）紆1（三等）扵13（三等）於2（三等）
以	

丑類韻的反切上字表

	反切上字
幫	彼1（三等）筆1（三等）必1（三等）畢1（三等）府6（三等）補1（一等）方6（三等）封1（三等）甫1（三等）
滂	芳6（三等）敷6（三等）撫1（三等）匹2（三等）
並	防1（三等）房4（三等）扶6（三等）符4（三等）苻1（三等）父1（三等）
明	靡1（三等）莫4（一等）文1（三等）無1（三等）武7（三等）
端	
透	他1（一等）
定	
泥	乃1（一等）
來	離1（三等）李1（三等）里1（三等）力14（三等）良4（三等）六1（三等）呂2（三等）
知	丁2（四等）張3（三等）知2（三等）陟13（三等）竹3（三等）
徹	丑13（三等）恥1（三等）褚1（三等）勑6（三等）
澄	持1（三等）除2（三等）丈1（三等）直18（三等）治2（三等）
娘	女6（三等）
精	即10（三等）咨1（三等）子14（三等）
清	
從	才1（一等）慈3（三等）疾8（三等）秦1（三等）在2（一等）字1（三等）自1（三等）私2（三等）思2（三等）息12（三等）先1（四等）相3（三等）胥1（三等）

心 邪	辝 1（三等）似 7（三等）詳 4（三等）徐 2（三等）
莊	側 11（三等）阻 1（三等）
初	測 1（三等）初 7（三等）窡 1（三等）楚 2（三等）
崇	鋤 7（三等）士 3（三等）仕 3（三等）
生	色 1（三等）山 1（二等）疎 4（三等）所 8（三等）
章	之 16（三等）職 5（三等）止 1（三等）諸 5（三等）
昌	昌 9（三等）蚩 1（三等）鴟 1（三等）尺 3（三等）赤 1（三等）充 3（三等） 楚 1（三等）處 5（三等）
船	乘 1（三等）山 1（二等）神 3（三等）食 3（三等）實 1（三等）
書	傷 1（三等）聲 2（三等）施 1（三等）詩 2（三等）識 2（三等）始 1（三等） 式 6（三等）書 7（三等）舒 2（三等）
常	常 4（三等）承 2（三等）時 6（三等）市 6（三等）殊 3（三等）署 1（三等） 蜀 1（三等）植 1（三等）
日	而 11（三等）耳 1（三等）人 1（三等）仍 1（三等）如 7（三等）汝 1（三等）
見	紀 1（三等）九 2（三等）久 1（三等）居 19（三等）舉 2（三等）俱 2（三等）
溪	徛 1（三等）起 2（三等）弃 1（三等）氣 1（三等）羌 1（三等）丘 5（三等） 驅 1（三等）去 9（三等）墟 3（三等）主 1（三等）
羣	巨 5（三等）其 8（三等）渠 13（三等）卻 1（三等）
疑	魚 8（三等）虞 2（三等）語 5（三等）
曉	況 2（三等）香 2（三等）虛 6（三等）許 19（三等）
匣	榮 1（三等）王 2（三等）尤 1（三等）于 3（三等）羽 3（三等）雨 1（三等）
影	伊 2（三等）憂 1（三等）紆 2（三等）扵 22（三等）於 2（三等）魚 1（三等）
以	羊 3（三等）夷 1（三等）以 7（三等）營 1（三等）余 6（三等）餘 6（三等） 与 6（三等）

寅類韻的反切上字表

	反切上字
幫	八 1（二等）卑 4（三等）彼 3（三等）鄙 2（三等）必 5（三等）畢 1（三等） 變 1（三等）並 1（三等）方 1（三等）府 2（三等）
滂	敷 2（三等）芳 1（三等）撫 1（三等）披 1（三等）匹 11（三等）譬 1（三等）
並	婢 1（三等）避 1（三等）房 1（三等）膚 1（三等）扶 1（三等）符 3（三等） 旁 1（一等）皮 3（三等）毗 4（三等）頻 1（三等）平 1（三等）憑 1（三等）
明	美 2（三等）眉 2（三等）弥 3（三等）靡 1（三等）密 1（三等）民 2（三等） 亡 1（三等）文 1（三等）無 1（三等）武 3（三等）

端	丁1（四等）
透	
定	徒1（一等）
泥	乃1（一等）
來	贏1（三等）力24（三等）良1（三等）呂3（三等）
知 徹 澄 娘	貶1（三等）張1（三等）知3（三等）直1（三等）陟12（三等）竹3（三等） 追1（三等）丑17（三等）勅3（三等） 池1（三等）持1（三等）馳1（三等）除1（三等）直15（三等）峙1（三等） 女10（三等）尼2（三等）
精 清 從 心 邪	即4（三等）將2（三等）觜1（三等）資2（三等）子11（三等）姊4（三等） 醉1（三等）遵1（三等）作1（一等） 雌1（三等）此2（三等）次2（三等）七13（三等）千3（四等）親1（三等） 才2（一等）慈1（三等）徂1（一等）疾6（三等）聚2（三等）秦2（三等） 情1（三等）在2（一等）自1（三等）昨2（一等） 私4（三等）思1（三等）斯2（三等）蘇1（一等）雖1（三等）息12（三等） 先1（四等）相2（三等）心1（三等）辛1（三等）紫2（三等） 辭2（三等）囚1（三等）似1（三等）隨1（三等）徐4（三等）旬1（三等）
莊 初 崇 生	側5（三等）爭1（二等）阻2（三等） 楚4（三等）廁1（三等）初2（三等） 士2（三等）助1（三等）鋤1（三等） 毗1（三等）色1（三等）山4（二等）踈1（一等）所12（三等）
章 昌 船 書 常	職7職2（三等）將1（三等）章1（三等）之11（三等）支1（三等）旨3（三等） 諸1（三等）抗1（一等） 昌2（三等）尺9（三等）齒1（三等）叱2（三等）充1（三等）楚1（三等） 處2（三等）脣1（三等）神3（三等）食4（三等） 乘1（三等）失5（三等）施1（三等）識1（三等）式11（三等）室1（三等） 是1（三等） 書1（三等）舒3（三等） 常2（三等）丞1（三等）承1（三等）時3（三等）潁1（三等）市3（三等） 是5（三等）視2（三等）豎1（三等）樹1（三等）直1（三等）
日	而10（三等）兒1（三等）爾1（三等）人2（三等）如（三等）儒1（三等） 汝2（三等）
見	古1（一等）嬀1（一等）癸1（三等）詭1（三等）飢1（三等）几1（三等） 紀1（三等）勁1（三等）居22（三等）軌1（三等）
溪	詰1（三等）苦1（一等）窺1（三等）遣1（三等）卿1（三等）傾1（三等） 丘6（三等）去14（三等）墟1（三等）

羣	暨 2（三等）巨 4（三等）逵 1（三等）葵 1（三等）其 4（三等）奇 1（三等）求 1（三等）渠 11（三等）
疑	牛 3（三等）危 1（三等）宜 2（三等）義 2（三等）魚 12（三等）語 2（三等）
曉	呼 2（一等）火 2（一等）羲 1（三等）虛 1（三等）許 15（三等）
匣	榮 1（三等）王 1（三等）爲 2（三等）洧 1（三等）薳 1（三等）熒 1（四等）永 1（三等）侑 1（三等）于 2（三等）羽 1（三等）云 1（三等）
影	伊 1（三等）乙 1（三等）憶 1（三等）英 2（三等）於 26（三等）於 1（三等）
以	羊 2（三等）夷 1（三等）移 1（三等）以 9（三等）弋 3（三等）翼 1（三等）由 1（三等）于 1（三等）余 3（三等）餘 3（三等）与 3（三等）

四等字的反切上字表

	反切上字
幫	補 1（一等）博 2（一等）方 1（三等）北 1（一等）
滂	怖 1（一等）匹 2（三等）普 3（一等）著 1（三等）
並	傍 1（一等）薄 1（一等）蒲 3（一等）
明	莫 6（一等）明 1（三等）
端	當 1（一等）丁 4（四等）都 4（一等）多 2（一等）竹 1（三等）
透	他 11（一等）天 1（四等）
定	唐 1（一等）堂 1（一等）特 3（一等）徒 8（一等）
泥	乃 4（一等）泥 1（四等）奴 7（一等）
來	郎 1（一等）勒 1（一等）力 1（三等）練 1（四等）盧 3（一等）魯 1（一等）閭 1（三等）洛 1（一等）
知徹澄娘	丑 1（三等）
精	則 1（一等）子 5（三等）作 1（一等）
清	倉 1（一等）蒼 1（一等）七 1（一等）千 4（四等）
從	在 3（一等）昨 2（一等）潛 1（三等）
心	桑 1（一等）蘇 4（一等）息 1（三等）先 4（四等）
邪	徐 1（三等）
莊初崇生	

章昌船書常	
日	
見溪羣疑	古 16（一等）堅 1（四等）居 1（三等）絕 1（三等） 康 1（一等）苦 11（一等）去 1（三等） 吾 1（一等）五 5（一等）
曉匣影以	呼 3（一等）虎 2（一等）火 1（一等）許 3（三等）血 1（四等） 乎 1（一等）胡 7（一等）戶 4（一等）下 1（二等）玄 1（四等） 烏 5（一等）一 1（一等）扵 5（三等）

根據上表，把《裴韻》聲母與等的配合關係說明如下：

一、幫滂並明與一二四等韻和子丑寅類韻都相拼。

二、端透定和知徹澄的關係

端透定在一等字和四等字與知徹澄是互補的，端透定在二等韻、丑類韻、寅類韻有少量相拼的字，知徹澄主要是和二等韻、丑寅類韻相拼。

三、精清從心和莊初崇生

在一等和二等，精清從心和莊初崇生是互補的。

一等：主要是精清從心，莊有 2 個一等小韻，號韻「竈，側到反」，在精母一等無對立小韻。《王一》、《王三》、《唐韻》、《廣韻》都是則到切，精母。簡韻「挫，側臥反」，《王一》、《王三》與《裴韻》同，《唐韻》、《廣韻》是則臥切。

二等韻，只有莊初崇生，精有 2 個二等小韻，減韻「喊，子減反」，《王一》、《王三》同《裴韻》「子減反」，《廣韻》「呼嗛切」。覽韻「黲，子鑑反」，《王一》、《王三》、《唐韻》、《廣韻》皆作「子鑑」切。在莊母無對立小韻。

與《王三》情況基本相同，精清從心出現在一等，莊初崇生出現在二等。

四、邪和常

丑類韻和四等韻，邪和常是互補的關係。丑類韻中，邪和韻母搭配的情況與精清從心不一致。

五、見溪羣疑

見溪羣疑在四等都有字。

六、曉匣影以

曉匣影在四等都有字。以母在一二子類韻和四等無字。

2.6　《裴韻》聲母音值表

　　《裴韻》有 36 個聲母，跟《王三》相比，少一個俟母，其他聲母相同。本文參考邵榮芬先生《切韻研究》中聲母音值的構擬方案，將《裴韻》36 聲母音值分組羅列如下表：[註7]

幫組：幫[p]　　滂[pʻ]　　並[b]　　明[m]

端組：端[t]　　透[tʻ]　　定[d]　　泥[n]

知組：知[ȶ]　　徹[ȶʻ]　　澄[ȡ]　　娘[ȵ]

來組：來[l]

精組：精[ts]　　清[tsʻ]　　從[dz]　　心[s]　　邪[z]

莊組：莊[tʃ]　　初[tʃʻ]　　崇[dʒ]　　生[ʃ]

章組：章[tɕ]　　昌[tɕʻ]　　常[dʑ]　　書[ɕ]　　船[ʑ]

日組：日[nʑ]

見組：見[k]　　溪[kʻ]　　羣[g]　　疑[ŋ]

影組：曉[x]　　匣（于）[ɣ]　　影[ʔ]　　以 o

說明：

1. 全濁聲母一律不送氣。

2. 知組構擬爲舌面塞音。娘母獨立。

3. 日母構擬爲鼻擦音日[nʑ]。

4. 莊組擬爲舌叶音。俟母不存在。

5. 章組擬爲舌面塞擦音。船、常互易，船母是擦音[ʑ]，常母是塞擦音[dʑ]。

6. 于母歸匣母，即所謂「喻三歸匣」。

7. 影母擬爲喉塞音[ʔ]，以母擬爲零聲母 o。

〔註 7〕邵榮芬《切韻研究》，87～109 頁，中國社會科學出版社 1981 年。

第 3 章　裴韻反切上字和聲類的特點

3.1 《裴韻》和《王三》反切上字的比較

　　本節把《裴韻》今傳本和《王三》的反切上字使用情況進行比較，展示兩部韻書反切上字的異同，目的在於揭示《裴韻》反切上字和聲類的特點。

3.1.1 《裴韻》今傳本和《王三》韻、小韻的異同及其分佈

　　《王三》和《裴韻》的小韻數目不等，《裴韻》今傳本殘缺小韻，《王三》比《裴韻》多出 137 個小韻反切，而《裴韻》今傳本有、《王三》沒有的小韻則有 78 個，這兩部分小韻不作爲比較對象，兩書共有的小韻才是我們比較的對象。在展開比較之前，我們先分節敘述《裴韻》今傳本和《王三》韻、小韻的異同及其分佈情形。

1、《裴韻》今傳本殘缺的韻以及《裴韻》韻目跟《王三》韻目的異同

　　表一展示《裴韻》今傳本所收韻的殘缺情形以及《裴韻》韻目與《王三》韻目的異同。說明如下：

　　（1）《裴韻》和《王三》韻目名稱有 33 個不相同，用黑體字標出。

　　（2）《裴韻》殘缺部分涉及 49 韻，表中以斜體字標出：

平聲殘缺 23 韻：「微」以下 16 韻缺，根據原書「切韻平聲一」韻目補錄。

「先」以下 7 韻殘缺，卷二韻目不存，依據上去二聲韻目次第補錄。

「之」存 9 個小韻，「肴」韻只存 6 個小韻，這二韻只存部分

上聲殘缺 23 韻：「謹」以下 23 韻缺，依據原書「上聲卷第三」韻目補出。

「有」韻存 20 個小韻，有殘缺。

（3）《裴韻》與《王三》韻目次序不同，此表依《裴韻》順序安排。

表一：《裴韻》今傳本和《王三》韻目異同表

平 聲		上 聲		去 聲		入 聲	
《裴韻》	《王三》	《裴韻》	《王三》	《裴韻》	《王三》	《裴韻》	《王三》
1 東	1 東	1 董	1 董	1 凍	1 送	1 屋	1 屋
2 冬	2 冬			2 宋	2 宋	2 沃	2 沃
3 鍾	3 鍾	2 腫	2 腫	3 種	3 用	3 燭	3 燭
4 江	4 江	3 講	3 講	4 絳	4 絳	4 覺	4 覺
5 陽	5 陽	4 養	4 養	5 樣	5 漾	5 藥	5 藥
6 唐	6 唐	5 蕩	5 蕩	6 宕	6 宕	6 鐸	6 鐸
7 支	7 支	6 紙	6 紙	7 寘	7 寘		
8 脂	8 脂	7 旨	7 旨	8 至	8 至		
9 之	9 之	8 止	8 止	9 志	9 志		
10 微	10 微	9 尾	9 尾	10 未	10 未		
11 魚	11 魚	10 語	10 語	11 御	11 御		
12 虞	12 虞	11 麌	11 麌	12 遇	12 遇		
13 模	13 模	12 姥	12 姥	13 暮	13 暮		
14 齊	14 齊	13 薺	13 薺	14 霽	14 霽		
				15 祭	15 祭		
				16 泰	16 泰		
15 皆	15 皆	14 駭	14 駭	17 界	17 恠		
				18 夬	18 夬		
				19 廢	19 廢		
16 灰	16 灰	15 賄	15 賄	20 誨	20 隊		
17 臺	17 咍	16 待	16 海	21 代	21 代		
18 真	18 真	17 軫	17 軫	22 震	22 震	7 質	7 質
19 臻	19 臻					8 櫛	8 櫛
20 文	20 文	18 吻	18 吻	23 問	23 問	9 物	9 物

21 斤	21 殷	*19 謹*	19 隱	24 靳	24 焮	10 訖	10 迄
22 登	22 登	*20 等*	20 等	25 嶝	25 嶝	11 德	11 德
23 寒	23 寒	*21 旱*	21 旱	26 翰	26 翰	12 褐	12 末
						13 點	13 點
24 魂	24 魂	*22 混*	22 混	27 慁	27 慁	14 紇	14 沒
25 痕	25 痕	*23 佷*	23 佷	28 恨	28 恨		
26 先	26 先	*24 銑*	24 銑	29 霰	29 霰	15 屑	15 屑
27 仙	27 仙	*25 獮*	25 獮	30 線	30 線	16 薛	16 薛
28 刪	28 刪	*26 潸*	26 潸	31 訕	31 諫	（13 點）	（13 點）
29 山	29 山	*27 產*	27 產	32 襇	32 襇	17 鎋	17 鎋
30 元	30 元	*28 阮*	28 阮	33 願	33 願	18 月	18 月
31 蕭	31 蕭	*29 篠*	29 篠	34 嘯	34 嘯		
32 霄	32 霄	*30 小*	30 小	35 笑	35 笑		
33 肴	33 肴	*31 絞*	31 巧	36 教	36 効		
34 豪	34 豪	*32 晧*	32 晧	37 號	37 號		
35 庚	35 庚	*33 梗*	33 梗	38 更	38 敬	（29 格）	（29 陌）
36 耕	36 耕	*34 耿*	34 耿	39 諍	39 諍	19 隔	19 麥
37 清	37 清	*35 請*	35 靜	40 清	40 勁	（30 昔）	（30 昔）
38 冥	38 青	*36 茗*	36 迥	41 暝	41 徑	20 覓	20 錫
39 歌	39 歌	*37 哿*	37 哿	42 箇	42 箇		
40 佳	40 佳	*38 解*	38 蟹	43 懈	43 卦		
41 麻	41 麻	*39 馬*	39 馬	44 禡	44 禡		
42 侵	42 侵	*40 寢*	40 寢	45 沁	45 沁	21 緝	21 緝
43 蒸	43 蒸	*41 拯*	41 拯	46 證	46 證	22 職	22 職
44 尤	44 尤	42 有	42 有	47 宥	47 宥		
45 侯	45 侯	43 厚	43 厚	48 候	48 候		
46 幽	46 幽	44 黝	44 黝	49 幼	49 幼		
47 鹽	47 鹽	45 琰	45 琰	50 艷	50 艷	23 葉	23 葉
48 添	48 添	46 忝	46 忝	51 㮇	51 㮇	24 怗	24 怗
49 覃	49 覃	47 禫	47 感	52 醰	52 勘	25 沓	25 合
50 談	50 談	48 淡	48 敢	53 闞	53 闞	26 蹋	26 盍
51 咸	51 咸	49 減	49 豏	54 陷	54 陷	27 洽	27 洽
52 銜	52 銜	50 檻	50 檻	55 覽	55 鑑	28 狎	28 狎
						29 格	29 陌
						30 昔	30 昔
53 嚴	53 嚴	51 广	51 广	56 嚴	56 嚴	31 業	31 業
54 凡	54 凡	52 范	52 范	57 梵	57 梵	32 乏	32 乏

表二：《裴韻》今傳本缺失小韻與《王三》小韻對照表

《裴韻》殘缺韻目		殘缺韻目與《王三》對應小韻	缺失小韻統計
平聲	1 之（部分殘）	釐理之 癡丑之 茲子慈 慈疾之 詞似茲 甾側持 茬士之 齹俟淄 蚩尺之 姬居之 欺去其 僖許其 毉於其 治直之	《王三》共 23 個小韻，《裴韻》存 9 個小韻，與《王三》相同。14 個小韻未見存。
	2 微	斐匪肥 霏芳非 肥符非 機居希 祈渠希 沂魚機 希虛機 依於機 歸俱韋 巋丘韋 巍語韋 輝許歸 韓王非 威於非	14 個
	3 魚	臚力魚 豬陟魚 攄敕居 除直魚 袽女余 且子魚 疽七余 胥息魚 徐似魚 葅側魚 初楚魚 鋤助魚 踈色魚 諸章魚 書傷魚 蜍署魚 如汝魚 居舉魚 墟去魚 渠強魚 虛許魚 於央魚 余与魚	23 個
	4 虞	跗甫于 敷撫扶 扶附夫 無武夫 慺力朱 株陟輸 貙勅俱 廚直朱 諏子于 趨七朱 鬚相俞 芻測禺 稠士于 毹山虞 朱止俱 樞昌朱 輸式朱 殊市朱 儒日朱 拘舉隅 區氣俱 欨其俱 訏況于 于羽俱 紆憶俱 逾羊朱	26 個
	5 模	逋博孤 稗普胡 匍薄胡 都丁姑 瑹他胡 徒度都 奴乃胡 盧落胡 租則胡 殂昨姑 麁倉胡 蘇息吾 孤古胡 枯苦胡 吾五胡 呼荒烏 胡戶吳 烏哀都	18 個
	6 齊	豍方奚 批普鷄 鼙薄迷 迷莫奚 低當嵇 梯湯稽 啼度嵇 泥奴低 黎落奚 齎即黎 妻七嵇 西素鷄 鷄古嵇 谿苦嵇 倪五嵇 醯呼鷄 奚胡鷄 鷖烏鷄 圭古攜 睽苦圭 眭呼圭 攜戶圭 烓烏攜 移成西 臡人兮	25 個
	7 皆	排步皆 埋莫皆 齵卓皆 齋側皆 握諾皆 差楚皆 豺士諧 揩客皆 俙呼皆 諧戶皆 乖古懷 匯苦淮 虺呼懷 懷戶乖 崴乙乖	15 個
	8 灰	杯布回 肧芳杯 裴薄恢 枚莫盃 磓都回 蓷他回 穨杜回 㛱乃回 雷路回 脧子回 崔此回 摧昨回 膗素回 瓌公迴 恢苦回 鮠五回 回戶恢 隈烏恢	18 個
	9 臺	賠扶來 鑒丁來 胎湯來 能年來 來落哀 災祖才 猜倉來 裁昨來 鰓蘇來 該古哀 開苦哀 皚五來 咍呼來 孩胡來 哀烏開	15 個

10 眞	賓必鄰 繽敷賓 頻符鄰 民彌鄰 紉女人	48 個
	鄰力珍 珍陟鄰 獜丑珍 陳直珍 津將鄰	
	親七鄰 秦匠鄰 新思鄰 瞋昌鄰 神食鄰	
	申書鄰 辰植鄰 仁如鄰 因於鄰 螽余真	
	斌府巾 貧符巾 珉武巾 巾居鄰 螼巨巾	
	銀語巾 礥下珍 嚭於巾 淪力屯 屯陟倫	
	椿敕屯 酏丈倫 遵將倫 逡七旬 鶞昨匀	
	荀相倫 旬詳遵 諄之純 春昌脣 脣食倫	
	純常倫 犉如均 均居春 匀羊倫 麇居筠	
	囷去倫 筠王麇 贇於倫	
11 臻	榛仕臻 莘疎臻	2 個
12 文	分府文 芬撫云 汾符分 君舉云 羣渠云	8 個
	薰許云 云王分 熅於云	
13 斤	勤其斤 虎語斤 欣許斤 殷於斤	4 個
14 登	崩北騰 朋步崩 曾武登 鼟他登 滕徒登	15 個
	能奴登 棱慮登 增作滕 層昨稜 僧蘇曾	
	拖古恒 恒胡登 肱古弘 薨呼弘 弘胡肱	
15 寒	槃北潘 潘普官 磐薄官 瞞武安 單都寒	29 個
	嘽他單 壇徒幹 難乃幹 蘭落幹 餐倉幹	
	殘昨幹 珊蘇幹 幹古寒 看苦寒 頇許安	
	安烏寒 端多官 湍他端 團度官 欒落官	
	鑽借官 攢在丸 酸素丸 官古丸 寬苦官	
	岏五丸 歡呼丸 桓胡官 剜一丸	
16 魂	奔博昆 盆蒲昆 門莫奔 敦都昆 暾他昆	17 個
	屯徒渾 磨奴昆 論盧昆 尊即昆 村此尊	
	存徂尊 孫思渾 昆古渾 坤苦昆 㒩牛昆	
	昏呼昆 溫烏渾	
17 痕	吞吐根 根古痕 垠五根	3 個
18 先	邊布玄 蹁蒲田 眠莫賢 顛都賢 天他前	22 個
	田徒賢 年奴賢 蓮路賢 箋則前 千倉先	
	前昨先 先蘇前 堅古賢 牽苦賢 妍五賢	
	祅呵憐 賢胡千 煙烏前 涓古玄 銅火玄	
	玄胡涓 淵烏玄	
19 仙	鞭卑連 篇芳便 便房連 綿武連 連力延	47 個
	邅張連 脡丑連 纏直連 煎子仙 遷七然	
	錢昨仙 仙相然 涎敘連 潺士連 箭諸延	
	羶式連 鋋市連 然如延 甄居延 延以然	
	愆去乾 乾渠焉 嗎許延 焉於乾 攣呂緣	
	孱丑專 椽直緣 鐫子泉 詮此緣 全聚緣	
	宣須緣 旋似宣 跧莊緣 栓山員 專職緣	
	穿昌緣 船繩川 遄市緣 壖而緣 翾許緣	
	娟於緣 沿与專 勬居員 弮去員 權巨員	
	員王權 嬛於權	

	20 刪	斑布還 攀普班 蠻莫還 刪所姦 姦古顏 顏五姦 奻女還 關古還 潺五還 豲呼關 還胡關 彎烏關					12
	21 山	媥方閒 喃奴閒 斕力閒 譠陟山 虦昨閒 山所閒 閒古閒 慳苦閒 瞯五閒 羴許閒 閒胡山 顯烏閒 鼦除頑 鰥古頑 頑吳鰥 嬽於鰥					16
	22 元	蕃甫煩 飜孚袁 煩附袁 楗居言 攑丘言 籛渠言 言語軒 軒虛言 蔫謁言 元愚袁 暄況袁 袁韋元 鴛於袁					13
	23 蕭	貂都聊 祧吐彫 迢徒聊 聊落蕭 蕭蘇彫 驍古堯 鄡苦聊 堯五聊 膮許幺 幺於堯					10
	24 宵	飆甫遙 漂撫遙 瓢符遙 蜱無遙 燎力昭 朝知遙 超勑宵 晁直遙 焦即遙 鏕七遙 樵昨焦 宵相焦 昭止遙 怊尺招 燒式招 韶市招 饒如招 蹻去遙 翹渠遙 腰於宵 遙余招 鑣甫喬 苗武儦 驕舉喬 趫去遙 喬奇驕 嘺許喬 鴞于驕 妖於喬					29
	25 肴（部分殘）	包布交 胞匹交 茅莫交 鐃女交 巢鋤肴 梢所交 交古肴 敲口交 虓許交 肴胡茅					《王三》共 16 個小韻，《裴韻》存 6 個小韻與之相同，10 個小韻未見。
上聲	26 謹	赾丘謹 近其謹 听牛謹 肵興近 隱於謹					5 個
	27 等	倗普等 肯苦等					2 個
	28 旱	粄博管 伴薄旱 滿莫旱 亶多旱 坦他但 但徒旱 攤奴但 爛落旱 瓚昨旱 散蘇旱 笴各旱 侃空旱 罕呼稈 短都管 疃他管 斷徒管 餪乃管 卵落管 纂作管 算蘇管 管古纂 款苦管 緩胡管 椀烏管					24 個
	29 混	本布忖 㻴盆本 懣莫本 腯他本 囤徒損 㥯盧本 㙀莏損 忖倉本 鱒徂本 損蘇本 僽古本 閫苦本					12 個
	30 佷	䫀古恨 墾康佷					2 個
	31 銑	編方繭 辮薄典 撌亡典 典多繭 腆他典 殄徒典 撚奴典 繭古典 㹠口典 顯呼典 峴胡繭 蜎於殄 畎古泫 犬苦泫 泫胡犬					15 個
	32 獮	褊方緬 棔符善 緬無兗 趁尼展 輦力演 展知演 錜丑善 剪即踐 淺七演 踐疾演 繎徐輦 膳旨善 闡昌善 然式善 善常演 蹨人善 𢓡基善 遣去演 演以淺 羊方免					42 個

	辯符蹇 夰於蹇 雋徂兗 膊視兗 卷居轉	免亡辯 臠力兗 選思兗 頓而兗 圈渠篆	蹇居輦 轉陟兗 撰士免 蜎狂兗	件其輦 篆持兗 劋旨兗 蠉香兗	鰭魚蹇 騰姊兗 舛昌兗 兗以轉	
33 潸	板布綰 酤側板 睆戶板	販普板 羧初板 綰烏版	阪扶板 僝士板	矕武板 僚五板	赧奴板 僩胡板	12
34 產	僆武限 豤口限	醆側限 眼五限	剗初限 限胡簡	棧士限	簡古限	8
35 阮	反府遠 寋其偃 婘求晚	畚扶晚 言語偃 晅況晚	晚無遠 幰虛偃 遠雲晚	建居偃 偃於幰 婉於阮	言去偃 稴去阮	14
36 篠	鳥都了 湫子了 杳烏晈	朓吐鳥 晈古了	窕徒了 磽苦晈	嬲奴鳥 曉呼鳥	了盧鳥 皛胡了	11
37 小	表方小 肇直小 少書沼 表方矯	標敷沼 勦子小 紹市沼 蔍平表	摽符小 悄七小 擾而沼 矯居沼	眇亡沼 沼之少 𨵿於小 矯巨小	繚力小 麨尺紹 鷕以沼 夭於兆	20
38 絞	飽博巧 爝楚巧 拗於絞	鮑薄巧 稍所絞	昴莫飽 巧苦絞	獠奴巧 齩五巧	爪側絞 槃下巧	11 個
39 晧	寶博抱 道徒浩 皁昨早 好呼浩	抱薄浩 腦奴浩 嫂蘇晧 襖烏浩	蓩武道 老盧浩 暠古老	倒都浩 早子浩 考苦浩	討他浩 草七掃 䗻五老	17
40 梗	鮩蒲杏 町張梗 丙兵永 永榮丙	猛莫杏 省所景 皿武永	打德冷 杏何梗 警几影	場徒杏 礦古猛 影於丙	冷魯打 䁝烏猛 憬舉永	16
41 耿	骿普幸	俖蒲幸	瞞武幸	幸胡耿		4
42 靜	餅必郢 井子郢 瘁其郢	愯彌井 靜疾郢 癭於郢	領李郢 省息井 郢以整	逞丑郢 整之郢	裎丈井 頸居郢	13
43 迥	鞞補鼎 挺徒鼎 剄古挺 褧口迥	頩匹迥 頲乃挺 謦去挺 迥戶鼎	泜萍迥 笭力鼎 脛五冷 淀烏迥	頂丁挺 洴徂醒 婞下娗	鋌他鼎 醒蘇挺 泂古鼎	18

44 哿	跛布火 叵普可 爸蒲可 麼莫可 觰丁可 爹徒可 㦰乃可 橒勒可 左則可 瑳千可 縒蘇可 可枯我 我五可 歌呼我 苛胡可 閜烏可 埵丁果 妥他果 墮徒果 娜奴果 輠郎果 硰倉顆 坐徂果 鎖蘇果 果古火 顆枯果 姬五果 火呼果 禍胡果 媒烏果	30
45 解	擺北買 罷薄解 買莫解 妳奴解 夥宅買 扴側解 芌口解 睚牛買 蟹鞵買 矮烏解 拐孤買	11
46 馬	把博下 鈀傍下 鮓都下 絮奴下 縿竹下 鮓側下 檟古雅 跒苦下 雅五下 閜許下 下胡雅 啞烏雅 蓤蘇寡 硴叉瓦 寡古瓦 髁口瓦 瓦五寡 踝胡瓦 姐茲野 且七也 寫悉野 扡徐雅 者之野 𩣡車下 捨書也 社市也 若人者 野以者	29
47 寑	稟筆錦 品披飲 拰尼甚 廩力稔 怠竹甚 蹛褚甚 朕直稔 醋子甚 蕈慈錦 罧斯甚 墋初朕 顲仕瘮 痒疎錦 枕之稔 瀋尺甚 椹食稔 沈式稔 甚植枕 荏如甚 錦居飲 坅丘甚 噤渠飲 傑牛錦 㪇羲錦 飲於錦	25
48 拯		無反語
49 有	缶方久 㺏芳酒 婦房久 柳力久 紐女久	《王三》共 25 個小韻，《裴韻》存 20 個，缺 5 個。

總計：《裴韻》49 個韻有殘缺，與《王三》比較共缺 799 個小韻。

2、《王三》比《裴韻》今傳本多出的小韻的分佈

　　《裴韻》今傳本跟《王三》所共有的韻中，《王三》比《裴韻》多出 137 個小韻，涉及到 16 個韻攝，76 韻，我們列表如下。

表三：《王三》比《裴韻》多的小韻

序號	反切	韻	攝	聲母
1	幪莫弄	涷	通	明
2	孰殊六	屋丑	通	常
3	㮇渠隴	腫丑	通	群
4	蹱他用	用丑	通	透
5	恐區用	用丑	通	溪
6	從疾用	用丑	通	從
7	觸尺玉	燭丑	通	昌

8	雺莫綜	宋一	通	明
9	硿胡宋	宋一	通	匣
10	雙所江	江二	江	生
11	穄叉降	絳二	江	初
12	移弋支	支開 A	止	羊
13	痿人垂	支合 A	止	日
14	刅充豉	寘開 A	止	昌
15	縻靡寄	寘開 B	止	明
16	瓃以睡	寘合 A	止	羊
17	灕思累	寘合 A	止	心
18	縰絺履	旨開 A	止	徹
19	蕊如壘	旨合 A	止	日
20	痓充至	至開 A	止	昌
21	毃楚利	至開 A	止	初
22	費芳味	未子開	止	滂
23	悇勅慮	御丑	遇	徹
24	楚初據	御丑	遇	初
25	槭思句	遇丑	遇	心
26	膭竹賣	懈（卦）二開	蟹	知
27	譮呼卦	懈（卦）二合	蟹	曉
28	頯知怪	界（怪）二合	蟹	知
29	瘥楚介	界（怪）二開	蟹	初
30	頼匹米	薺四開	蟹	滂
31	海呼改	待（海）一開	蟹	曉
32	愷苦亥	待（海）一開	蟹	溪
33	宰作亥	待（海）一開	蟹	精
34	欯呼計	薺四開	蟹	曉
35	襊七會	泰一合	蟹	清
36	眛忘艾	泰一開	蟹	明
37	啐倉快	夬二合	蟹	清
38	論盧寸	慁一合	臻	來
39	鶻胡骨	紇（沒）一合	臻	匣
40	茁几律	質合 B	臻	見

41	齜仕乙	質開 A	臻	崇
42	沂語靳	靳（焮）子開	臻	疑
43	親七刃	震開 A	臻	清
44	昀九峻	震合 A	臻	見
45	絀式出	質合 A	臻	書
46	攤奴旦	翰一開	山	泥
47	鏉口煥	翰一合	山	溪
48	骬下晏	訕二開	山	匣
49	鰥古盼	襇二合	山	見
50	韅呼見	霰四開	山	曉
51	衍餘線	線開 A	山	羊
52	便婢面	線開 A	山	並
53	羨似面	線開 A	山	邪
54	剸之囀	線合 A	山	章
55	玃丘弁	線合 B	山	溪
56	攢在翫	翰一合	山	從
57	殿都見	霰四開	山	端
58	孿山患	訕二合	山	生
59	甗語堰	願子開	山	疑
60	圏臼万	願子合	山	群
61	哲寺絕	薛合 A	山	邪
62	钀語謁	月子開	山	疑
63	窅於弔	嘯四	效	影
64	妛呼叫	嘯四	效	曉
65	驃卑妙	笑 A	效	幫
66	覞昌召	笑 A	效	昌
67	饒人要	笑 A	效	日
68	翹渠要	笑 A	效	群
69	巢仕稍	效二	效	崇
70	抝乙罩	效二	效	影
71	韜他到	號一	效	透
72	腦奴到	號一	效	泥
73	拖吐邏	箇一開	果	透

74	挅丁過	箇一合	果	端
75	磋七箇	箇一開	果	清
76	些蘇箇	箇一開	果	心
77	坐在臥	箇一合	果	從
78	膹先臥	箇一合	果	心
79	歌呼箇	箇一開	果	曉
80	伽求迦	歌丑開	果	群
81	播補箇	箇一開	果	幫
82	侉烏佐	箇一開	果	影
83	摣側加	痲二開	假	莊
84	塗徒嫁	禡二開	假	定
85	沙色亞	禡二開	假	生
86	坬古罵	禡二合	假	見
87	瓦五化	禡二合	假	疑
88	窊烏坬	禡二合	假	影
89	防扶浪	漾丑開	宕	並
90	蹡七亮	漾丑開	宕	清
91	彊居亮	漾丑開	宕	見
92	狂渠放	漾丑合	宕	群
93	迋于放	漾丑合	宕	匣
94	幫博旁	唐一開	宕	幫
95	荒呼浪	宕一合	宕	曉
96	汪烏光	宕一合	宕	影
97	欂皮碧	陌子開	梗	並
98	生所更	更二開	梗	生
99	迎魚更	更子開	梗	疑
100	膨蒲孟	更二開	梗	並
101	併蒲迸	諍二開	梗	並
102	鬡尼皀	隔二開	梗	娘
103	轟呼迸	諍二合	梗	曉
104	零力徑	暝四開	梗	來
105	熒胡定	暝四合	梗	匣
106	精子性	清丑開	梗	精

107	鏑竹益	昔丑開	梗	知
108	聖秦力	職丑開	曾	從
109	䰅乃北	德一開	曾	泥
110	瘤思贈	嶝一開	曾	心
111	增子蹭	嶝一開	曾	精
112	覛丑證	證丑開	曾	徹
113	乗時證	證丑開	曾	常
114	誰千侯	侯一	流	清
115	剩昨候	候一	流	從
116	偶五遘	候一	流	疑
117	趴渠幼	幼丑	流	群
118	鯫士垢	厚一	流	崇
119	𩦠牛救	宥丑	流	疑
120	腤蒲候	候一	流	並
121	吟宜禁	沁B	深	疑
122	鵖房及	緝B	深	滂
123	顑呼紺	醰一	咸	曉
124	撍祖紺	醰一	咸	精
125	囃倉臘	盍一	咸	清
126	諵㝷賺	陷二	咸	娘
127	諵女咸	咸二	咸	娘
128	讒士陷	陷二	咸	崇
129	餡公陷	陷二	咸	見
130	闞火陷	陷二	咸	曉
131	渫士甲	狎二	咸	崇
132	䓉妄泛	梵子	咸	明
133	瞥子冉	琰A	咸	精
134	韂充豔	豔A	咸	昌
135	㯺力店	桥四	咸	來
136	儖郎紺	醰一	咸	來
137	趁七合	合一	咸	清

3、《裴韻》今傳本比《王三》多出的小韻的分佈

《裴韻》今傳本比《王三》多出 78 個小韻，涉及 14 個韻攝，56 韻，列表如下：

表四：《裴韻》比《王三》多出的小韻

序號	韻字	反切	聲母	韻	等	開合	聲調	攝
1	頠	五罪	疑	賄	一	合	上	蟹
2	檹	卿義	溪	寘	三	開	去	止
3	誎	失二	書	至	三	合	去	止
4	痳	米睪淚	書	至	三	合	去	止
5	噓	虛據	曉	御	三	開	去	遇
6	貗	仕雨	崇	麌	三	合	上	遇
7	足	即具	精	遇	三	合	去	遇
8	琞	吾礼	疑	薺	四	開	上	蟹
9	濘	泥戾	泥	霽	四	開	去	蟹
10	篨	丑戾	徹	霽	四	開	去	蟹
11	諰	所柴	生	佳	二	開	平	蟹
12	喊	許戒	曉	界	二	開	去	蟹
13	諳	戶𠙴	匣	誨	一	合	去	蟹
14	焌	子寸	精	慁	一	合	去	臻
15	饐	五恨	疑	恨	一	開	去	臻
16	巾	飢腎	見	軫	三	開	上	臻
17	櫬	楚覲	初	震	三	開	去	臻
18	賷	疾刃	從	震	三	開	去	臻
19	祓	孚勿	滂	物	三	合	入	臻
20	蓝	恭屈	見	物	三	合	入	臻
21	韃	叉万	初	願	三	合	去	山
22	噦	乙劣	影	月	三	合	入	山
23	㬥	丑晏	初	訕	二	開	去	山
24	趫	古滑	見	鎋	二	開	入	山
25	髾	而鎋	日	鎋	二	開	入	山
26	瞥	匹列	滂	屑	四	開	入	山
27	撆	怖結	滂	屑	四	開	入	山

28	掇	峙絕	澄	薛	三	開	入	山
29	鞨	士列	崇	薛	三	開	入	山
30	齸	助列	崇	薛	三	開	入	山
31	歊	火弔	曉	嘯	四	開	去	效
32	窔	烏弔	影	嘯	四	開	去	效
33	靿	一豹	影	教	二	開	去	效
34	橐	普勞	滂	豪	一	開	平	效
35	茄	叵羅	滂	歌	一	合	平	果
36	簸	布貨	幫	箇	一	合	去	果
37	纚	魯臥	來	箇	一	合	去	果
38	姓							
39	杈	楚佳	初	禡	二	開	去	假
40	譔	乕詐	見	禡	二	合	去	假
41	躩	丘籰	溪	藥	三	合	入	宕
42	峔	莫棢	明	宕	一	開	去	宕
43	廣	姑曠	見	宕	一	開	去	宕
44	棢	剛浪	見	宕	一	開	去	宕
45	掌	他孟	透	更	二	開	去	梗
46	虩	許陌	曉	格	三	開	入	梗
47	泓	烏宏	影	耕	二	開	平	梗
48	褸	於諍	影	諍	二	開	去	梗
49	猎	人白	初	隔	二	開	入	梗
50	輻	五革	疑	隔	二	開	入	梗
51	鶍	徒革	定	隔	二	開	入	梗
52	欱	許令	曉	清	三	開	去	梗
53	謦	起政	溪	清	四	開	去	梗
54	蹊	弃亦	溪	昔	三	開	入	梗
55	殈	血歷	曉	覔	四	開	入	梗
56	刻	胡北	匣	德	一	開	入	曾
57	啾	子由	精	尤	三	開	平	流
58	婦	防不	並	厚	一	開	上	流
59	缶	方負	幫	厚	一	開	上	流
60	讙	千侯	清	幽	三	開	平	流

61	霫	心緝	心	緝	三	開	入	深
62	縶	抌十	章	緝	三	開	入	深
63	篸	作紺	精	醰	一	開	去	咸
64	淡	徒覽	定	淡	一	開	上	咸
65	魶	奴盍	泥	蹋	一	開	入	咸
66	歁	戲?傃	曉	談	一	開	平	咸
67	妗	火尖	曉	鹽	三	開	平	咸
68	燄	由冉	以	琰	三	開	上	咸
69	脥	苦斂	溪	琰	三	開	上	咸
70	睫	次接	清	葉	三	開	入	咸
71	擛	義涉	疑	葉	三	開	入	咸
72	苶	乃恊	泥	怗	四	開	入	咸
73	笘	竹爲	端	怗	四	開	入	咸
74	喊	子減	精	減	二	開	上	咸
75	湴	蒲銜	並	銜	二	開	平	咸
76	眹	杜甲	定	狎	二	開	入	咸
77	顑	丘檻	溪	檻	二	開	上	咸
78	鑑	下鑑	匣	覽	二	開	去	咸

3.1.2 《裴韻》和《王三》的反切上字比較

　　《裴韻》和《王三》共有的小韻反切的上字，可以分爲三種情況進行比較：反切上字相同，讀音相同；反切上字不同，聲類相同，讀音相同；反切上字不同，所屬聲類不同，讀音也不同。以聲母爲單位，展示如下。

1、反切上字不同，聲類相同，讀音相同的反切上字，共 182 個。

　　1）幫母 13 個

幫母	紙開 B	旨開 B	質開 A	薛開 B	笑 B	庚二開	敬二開
《裴韻》	彼卑被	鄙八美	必卑吉	箭變別	裱必庿	閞通盲	榜北諍
《王韻》	彼補靡	鄙方美	必比蜜	箭兵列	裱方庿	閞甫盲	榜補孟

幫母	更子開	耕二開	清丑開	德一開	幽丑	屋一
《裴韻》	柄鄙病	繃逋萌	摒卑政	北博墨	彪補烋	曝蒲木
《王韻》	柄彼病	繃甫萌	摒畢政	北波墨	彪甫烋	曝蒲木

2）滂母 7 個

滂母	凍丑	絳二	襄丑	待一開	問子合	漾丑開	鐸一開
《裴韻》	賵橆鳳	肨匹降	撫敷武	啡匹愷	湓紛問	訪芳向	頖叵各
《王韻》	賵孚鳳	肨普降	撫孚武	啡疋愷	湓匹問	訪敷亮	粕匹各

3）並母 12 個

並母	江二	紙開A	慁一合	薛開B	禡二開	庚子開
《裴韻》	龐薄江	婢避尔	坌盆悶	別憑列	杷琶駕	平符兵
《王韻》	龐蒲江	婢便俾	坌蒲悶	別皮列	猈白駕	平蒲兵

並母	更子開	錫四開	職丑開	尤丑	鑑二	隔二開
《裴韻》	病被敬	甓蒲歷	愎符逼	浮父謀	埿蒲鑑	緮蒲革
《王韻》	病皮敬	甓扶歷	愎皮逼	浮縛謀	埿蒲鑑	緮蒲革

4）明母 8 個

明母	講二	覺二	至開A	質開A
《裴韻》	侂莫項	邈摸角	寐密二	蜜民必
《王韻》	侂武項	邈莫角	寐蜜二	蜜無必

明母	月子開	線開A	宕一開	鐸一開
《裴韻》	韈望發	面弥便	漭莫郎	莫暮各
《王韻》	韈妄發	面彌戰	漭無浪	莫慕各

5）端母 1 個

端母	翰一開	效二
《裴韻》	旦丹桉	罩都教
《王韻》	旦得案	罩丁教

6）透母 2 個

透母	霰四開	豪一
《裴韻》	瑱天見	饕土高
《王韻》	瑱他見	饕吐高

7）定母無

8）泥母 1 個

泥母	代一開
《裴韻》	耐乃代
《王韻》	耐奴代

9）來母 6 個

來母	代一開	翰一合	霰四開	養丑開	蒸丑開	宥丑
《裴韻》	賚洛代	亂洛段	練洛見	兩良弊	陵力膺	溜六救
《王韻》	賚落代	亂落段	練落見	兩力獎	陵六應	溜力救

10）知母 1 個

知母	藥丑開
《裴韻》	著張略
《王韻》	著竹略

11）徹母 10 個

徹母	東丑	覺二	止丑開	麻二開	養丑開
《裴韻》	忡勑中	逴勑角	恥勑里	侘勑加	昶勑兩
《王韻》	忡勑中	逴敕角	恥勑里	侘勑加	昶丑兩

徹母	清丑開	職丑開	尤丑	艷／豔 A
《裴韻》	檉勑貞	勑恥力	抽勑鳩	覘勑艷
《王韻》	檉勑貞	勑褚力	抽勑周	覘丑厭

12）澄母 6 個

知母	用丑	燭丑	寘合 A	笑 A	藥丑開	陌二開
《裴韻》	重治用	躅余蜀又**直**錄	縋馳偽	召持笑	著張略	宅場陌
《王韻》	重持用	躅**直**錄	縋池累	召直笑	著直略	宅根百

13）娘母 1 個

娘母	屋丑	御丑
《裴韻》	朒諾骨	女乃據
《王韻》	朒女六	女娘據

14）精母 12 個

精母	翰一開	褐一開	鐸一開	昔丑開	青四開	德一開
《裴韻》	讚則旦	鬖子末	作則各	積咨昔	青蒼經	則子得
《王韻》	讚作幹	鬖姊末	作子洛	積資亦	青倉經	則即勒

精母	尤丑	宥丑	厚一	黝丑	侵 A	緝 A
《裴韻》	遒即由	僦即救	走子厚	愀慈糾	祲姊心	喋姊入
《王韻》	遒即由	僦即救	走作口	愀茲糾	祲姊心	喋姊入

15）清母 5 個

清母	脂開 A	待一開	恩一合	質合 A	霰四開
《裴韻》	郪次私	採七宰	寸七困	焌千恤	蒨千見
《王韻》	郪取私	採倉宰	寸倉困	焌翠恤	蒨倉見

16）從母 8 個

從母	旨合 A	語丑	姥一	薺四開	恩一合	質合 A	麻丑開	桥四
《裴韻》	靠但壘	咀茲呂	粗似古	薺徐礼	鐏存困	崒聚卹	查市邪	暜潛念
《王韻》	靠徂壘	咀慈呂	粗徂古	薺徂礼	鐏在困	崒才卹	查才耶	暜漸念

17）心母 9 個

心母	襌	怗四	銑四開	篠四	豪一	覃一	醰／勘一	合一	談一
《裴韻》	糂蘸感	燮蘸協	銑蘸典	篠蘸鳥	騒蘸遭	純蘸含	倸蘸紺	跋蘸合	三蘸甘
《王韻》	糂素感	燮蘇協	銑蘇典	篠蘇鳥	騒蘇刀	毿蘇含	倸蘇紺	跋蘇苔	三蘇甘

18）邪母 2 個

邪母	軫開 A	震開 A
《裴韻》	**盡**慈忍	**賮**疾刃
《王韻》	**盡**詞引	**賮**似刃

19）莊母 1 個

莊母	陷二
《裴韻》	蘸滓陷
《王韻》	蘸責陷

20）初母 4 個

初母	震開 A	職丑開	宥丑	沁 A
《裴韻》	櫬楚覲	測初力	簉初**救**	讖側譖
《王韻》	櫬初遴	測愴力	簉初救	讖楚譖

21）崇母 3 個

崇母	送凍丑	麻二開	耕二開
《裴韻》	剽仕仲	楂鉏加	崢士耕
《王韻》	剽士仲	楂鋤加	崢仕耕

22）生母 1 個

生母	質合 A
《裴韻》	率所律
《王韻》	率師出

23）章母 6 個

章母	脂合 A	至開 A	眞開 A	薛合 A	麻丑開	沁 A
《裴韻》	錐職追	至旨利	真職隣	拙職雪	遮士奢	枕職鳩
《王韻》	錐職維	至脂利	真職鄰	拙職雪	遮止奢	枕職鳩

24）昌母 4 個

昌母	御丑	質開 A	證丑開	宥丑
《裴韻》	處昌據	叱齒日	稱蚩證	臭鴟救
《王韻》	處杵去	叱尺栗	稱尺證	臭尺救

25）船母 1 個

船母	震合 A
《裴韻》	順脣閏
《王韻》	順食閏

26）書母 4 個

書母	震合 A	薛開 A	清丑開	職丑開
《裴韻》	舜舒閏	設式列	聖聲正	識聲職
《王韻》	舜施閏	設識列	聖識正	識商職

27）常母 4 個

常母	語丑	線開 A	笑 A	侵 A
《裴韻》	墅時与	繕市戰	邵常照	諶穎林
《王韻》	墅署与	繕視戰	邵寔曜	諶氏林

28）日母 1 個

日母	支開 A
《裴韻》	兒汝移
《王韻》	兒如移

29）見母 10 個

見母	屋丑	支合 B	蟹二開	隱子開	物子合
《裴韻》	菊舉六	嬀居為	解鞋買	謹居隱	亥九勿
《王韻》	菊居六	嬀君為	解加買	謹於隱	了久勿

見母	霰四開	線合 A	尤丑	㮇四	梵子
《裴韻》	見堅電	絹古掾	鳩九求	㲸念絕念	劍覺欠
《王韻》	見古電	絹吉掾	鳩居求	趏紀念	劍舉欠

30）溪母 5 個

溪母	屋丑	遇丑	姥一	黠二開	線開 A
《裴韻》	麴丘竹	驅主遇	苦枯戶	䫎恪八	譴遣戰
《王韻》	麴驅竹	驅匡遇	苦康杜	䫎苦八	譴去戰

31）羣母 2 個

羣母	志丑開	有丑
《裴韻》	忌其既	舅巨久
《王韻》	忌渠記	舅強久

32）疑母 5 個

疑母	暮一	祭開 B	恨一開	箇一合	广子
《裴韻》	誤五故	劓義例	𩒺恩恨	臥五貨	广魚儉
《王韻》	誤吾故	劓牛例	𩒺五恨	臥吳貨	广虞埝

33）曉母 6 個

曉母	志丑開	尾子開	質開 B	鎋二開	緝 B	嚴子
《裴韻》	憙許記	狶虛豈	肸許乙	瞎胡鎋	吸呼及	䤜虛嚴
《王韻》	憙虛記	狶希豈	肸羲乙	瞎許鎋	吸許及	䤜虛嚴

34）匣母 14 個

匣母	脂合 B	旨合 B	祭合 B	駭二開	界二開	恨一開	震合 B
《裴韻》	帷侑悲	洧侅美	衛羽歲	駭乎楷	械戶界	恨戶艮	韻永爓
《王韻》	帷洧悲	洧榮美	衛為劌	駭諧楷	械胡界	恨胡艮	韻為捃

匣母	寒一開	旱一開	歌一開	宕一合	更二合	青四合	葉 B
《裴韻》	寒戶安	旱胡滿	何胡哥	潢呼浪	蝗戶孟	熒乎丁	曄云輒
《王韻》	寒胡安	旱何滿	何韓柯	潢胡浪	蝗胡孟	熒胡丁	曄筠輒

35）影母 5 個

影母	尾子開	質開 A	諍二開	艷／豔 B	㮇四
《裴韻》	扆於豈	一憶質	櫻於諍	愴扵驗	畲扵念
《王韻》	扆依豈	一於逸	娑一諍	愴於驗	畲於念

36）以母 2 個

以母	蒸丑開	侵 A
《裴韻》	蠅餘陵	淫余針
《王韻》	蠅余陵	淫餘針

2、《裴韻》和《王三》反切上字不同，讀音也不同的小韻反切有 15 個，如下：

	歌丑合	滂母青四開	並母旨開 A	明母支二開	定母厚一	泥母侯一
《裴韻》	𤟤丁戈	竮著丁	牝膚履	邁苦話	稸趙口	糯女溝
《王韻》	𤟤于戈	竮普丁	牝扶履	邁莫話	稸徒口	糯奴溝

	知母養丑開	澄母狎二	娘母語丑	精母姥一	號一
《裴韻》	長丁丈	渫大甲	女居寧	祖側古	竈側到
《王韻》	長中兩	渫丈甲	女尼与	祖則古	竈則到

	箇一合	初母沁 A	日母沁 A	曉母淡一
《裴韻》	挫側臥	讖側譖	妊女鴆	蓓工覽
《王韻》	挫則臥	讖楚譖	妊汝鴆	蓓呼覽

3、《裴韻》和《王三》讀音反切上字相同，上字的讀音相同的小韻，我們按照聲韻配合關係羅列，並統計各聲母所包含的上字相同小韻數共 2513 個，如下：

1）東韻，104 個。

		東一	東丑	董一	送凍一	凍丑	屋一	屋丑
幫	5		風方隆	琫方孔		諷方鳳	卜博木	福方六
滂	3		豐敷隆				扑普木	蝮芳伏
並	5	蓬薄功	馮扶隆	菶蒲蠓		鳳馮貢		伏房六
明	6	蒙莫紅	瞢莫諷	蠓莫孔		夢莫諷	木莫卜	目莫六

端	4	東德紅		董多動	涷多貢		縠丁木	
透	4	通他紅		侗他孔	痛他弄		禿他谷	
定	4	同徒紅		動徒孔	洞徒弄		獨徒谷	
泥	2			膿奴動	齈奴涷			
來	6	籠盧紅	隆力中	朧力動	弄盧貢		祿盧谷	六力竹
知	3		中陟隆			中陟仲		竹陟六
徹	1							稸丑六
澄	3		蟲直隆			仲直眾		逐直六
娘								
精	5	葼子紅		惣作孔	糭作弄		鏃作木	蠼子六
清	5	怱倉紅			認千弄	趨千仲	瘯千木	竈取育
從	2	叢徂紅					族昨木	
心	6	檧蘇公	嵩息隆	舩先惣	送蘇弄		速送谷	肅息逐
邪								
莊								
初	1							珿初六
崇	1		崇鋤隆					
生	1							縮所六
章	3		終職隆			眾之仲		粥之六
昌	3		充處隆			銃充仲		俶昌六
船								
書	1							叔式六
常								
日	2		戎如隆					肉如育
見	4	公古紅	弓居隆		貢古送		縠古鹿	
溪	6	空苦紅	穹去隆	孔康董	控苦貢	焢去諷	哭空谷	
群	2		窮渠隆					驧渠竹
疑								
曉	4	烘呼同				趨香仲	殼呼木	蓄許六
匣	6	洪胡籠	雄羽隆	澒胡孔	哄胡貢		縠胡谷	囿于目
影	5	翁烏紅		蓊阿孔	甕烏貢		屋烏谷	郁於六
以	1		融餘隆					

2）冬韻，24 個。

		冬一	腫一	宋一	沃一
幫					
滂					
並	1				仆蒲沃
明	2		鶓莫奉		瑁莫沃
端	3	冬都宗	湩都隴冬恭		篤冬毒
透	1			統他宋	
定	2	彤徒冬			毒徒沃
泥	2	農奴冬			褥內沃
來	1	癃力宗			
知					
徹					
澄					
娘					
精	3	宗作琮		綜子宋	傶將篤
清					
從	1	賨在宗			
心	2			宋蘇統	濎先篤
邪					
莊					
初					
崇					
生					
俟					
章					
昌					
船					
書					
常					
日					

見	2	攻古多			梏古沃
溪					酷苦沃
群					
疑					
曉	1				熇火酷
匣	2	碊戶多			鵠胡沃
影	1				沃烏酷
以					

3）鍾韻，73 個。

		鍾丑	腫丑	用丑	燭丑
幫	4	封府容	覂方奉	葑方用	轐封曲
滂	2	峯敷容	捧敷隴		
並	4	逢符容	奉扶隴	俸房用	襆房玉
明					
端					
透					
定					
泥					
來	4	龍力鍾	隴力奉	矓良用	錄力玉
知	3		冢知壠	湩竹用	瘃陟玉
徹	3	蹱丑凶	寵丑隴		楝丑錄
澄	2	**重**直容	**重**直隴		
娘	1	醲女容			
精	4	縱即容	縦子冢	縱子用	足即玉
清	2		愊且勇		促七玉
從	1	從疾容			
心	3	蜙先恭	悚息拱		粟相玉
邪	3	松詳容		頌似用	續似玉
莊					
初					
崇					

生				
俟				
章	4	鍾職容	腫之隴	種之用	燭之欲
昌	2	衝尺容	雝充隴		
船	1				贖神囑
書	2	舂書容			束書蜀
常	3	鱅餘封	尰時宂		蜀市玉
日	4	茸而容	宂而隴	輮而用	辱而蜀
見	4	恭駒冬	拱居悚	供居用	輂居玉
溪	2		恐墟隴		曲起玉
群	3	蛩渠容		共渠用	局渠玉
疑	2	顒魚容			玉語欲
曉	3	凶許容	洶許拱		旭許玉
匣					
影	3	邕於容	擁於隴	雍於用	
以	4	容餘封	勇餘隴	用余共	欲余蜀

4）江韻，39 個。

		江二	講二	絳二	覺二
幫	2	邦博江			剝北角
滂	2	胮匹江			璞匹角
並	2		棒步項		雹蒲角
明	1	厖莫江			
端	3	椿都江		戇丁降	斲丁角
透					
定					
泥					
來	2	瀧呂江			犖呂角
知					
徹	1	惷丑江			
澄	3	憧宅江		轞直降	濁直角
娘	2	膿女江			搦女角

精					
清					
從					
心					
邪					
莊	1				捉側角
初	2	窓楚江			娖測角
崇	2			漴士降	浞士角
生	2	雙所江			朔所角
俟					
章					
昌					
船					
書					
常					
日					
見	4	江古雙	講古項	絳古巷	覺古岳
溪	2	腔苦江			殼苦角
群					
疑					嶽五角
曉	2	肛許江			咔許角
匣	4	栙下江	項胡講	巷胡降	學戶角
影	2		慃烏朗		握於角
以					

5）陽韻，105 個。

		陽丑開	陽丑合	養丑開	養丑合	漾丑開	漾丑合	藥丑開	藥丑合
幫	3	方府良		昉方兩		放府妄			
滂	2	芳敷方		髣芳兩					
並	2	房符方						縛符玃	
明	3	亡武方		㒺文兩		妄武放			
端									

聲類	數								
透									
定									
泥									
來	3	良呂張				亮力讓		略離灼	
知	2	張陟良				帳陟亮			
徹	3	蓩褚羊				悵丑亮		臭丑略	
澄	3	長直良		丈直兩		仗直亮			
娘	2	孃女良				釀女亮			
精	4	將即良		獎即兩		醬即亮		爵即略	
清	2	鏘七良						皵七雀	
從	3	牆疾良				匠疾亮		皭在雀	
心	3	襄息良				相息亮		削息灼	
邪	2	詳似羊		像詳兩					
莊	3	莊側羊				壯側亮		斮側略	
初	3	瘡楚良		硤測兩		創初亮			
崇	2	牀士莊				狀鋤亮			
生	2	霜所良		爽疏兩					
俟									
章	4	章諸良		掌職兩		障之亮		灼之略	
昌	4	昌處良		敞昌上		唱昌亮		綽處灼	
船									
書	4	商書羊		賞識兩		餉式亮		爍書灼	
常	4	常時羊		上時掌		尚常亮		妁市若	
日	4	攘汝羊		壤如兩		讓如仗		若而灼	
見	5	薑居良		繈居兩			誆九妄	腳居灼	玃居縛
溪	4	羌去良	匡去王			嘵丘向		卻去約	
群	6	強巨良	狂渠王	勥其兩	臩渠往	弓京其亮		噱其虐	
疑	3			仰魚兩		钀語向		虐魚約	
曉	7	香許良		響許兩	怳許昉	向許亮	況許放	謔虛約	矐許縛
匣	3		王雨方		往王兩				籰王縛
影	6	央於良		鞅於兩	枉紆兩	快於亮		約於略	嬳憂縛
以	4	陽與章		養餘兩		樣餘亮		藥以灼	

6）唐韻，75 個。

		唐一開	唐一合	蕩一開	蕩一合	宕一開	宕一合	鐸一開	鐸一合
幫	3			榜博朗		謗補浪		博補各	
滂	2	滂普郎		髈普朗					
並	3	傍步光				徬蒲浪		泊傍各	
明	2	茫莫郎		莽莫朗					
端	3	當都郎		黨德朗		讜丁浪			
透	4	湯吐郎		曭他朗		倘他浪		託他各	
定	4	唐徒郎		蕩堂朗		宕杜浪		鐸徒落	
泥	4	囊奴當		曩奴朗		儾奴浪		諾奴各	
來	4	郎魯唐		朗盧黨		浪郎宕		落盧各	
知									
徹									
澄									
娘									
精	3	臧則郎		駔子朗		葬則浪			
清	2	倉七良						錯倉各	
從	4	藏昨郎		奘在朗		藏徂浪		昨在各	
心	4	桑息郎		顙蘇朗		喪蘇浪		索蘇各	
邪									
莊									
初									
崇									
生									
俟									
章									
昌									
船									
書									
常									

日								
見	5	剛古郎	光古皇	䢀各朗	廣古晃			各古落
溪	6	康苦對	骯苦光	慷苦朗		抗苦浪	曠苦謗	恪苦各
群								
疑	3	卬五劃				枊五浪		愕五各
曉	5	炕呼郎	荒呼光		慌虎晃			臛呵各	攉虎郭
匣	7	航胡郎	黃胡光	沆胡朗	晃胡廣	吭下浪		涸下各	穫胡郭
影	7	鴦烏郎	汪烏光	坱烏朗	汪烏朗	盎阿浪		惡烏各	雘烏郭
以								

7）支韻，127 個。

		支開A	支開B	支合A	支合B	紙開A	紙開B	紙合A	紙合B
幫	2		陂彼為			俾卑婢			
滂	3		鈹敷羈			諀匹婢	姟匹靡		
並	2		皮符羈				被皮彼		
明	3	彌武移	糜靡為				靡文彼		
端									
透									
定									
泥									
來	4	離呂移		羸力為		邐力氏		累力委	
知	3	知陟移		腄竹垂		掫陟侈			
徹	2	攡丑知				褫勅豸			
澄	3	馳直知		鬌直垂		豸池尒			
娘	1					狔女氏			
精	4	貲即移		厜姊規 劑觜隨		紫茲此		觜即委	
清	2	雌七移				此雌氏			
從	1	疵疾移						惢才捶	
心	4	斯息移		眭息為		徙斯氏		髓息委	

邪	2			隨旬爲					獩隨婢
莊	1					批側氏			
初	3	差楚宜			衰楚危				揣初委
崇									
生	3	釃所宜			韉山垂		躧所綺		
俟									
章	3	支章移				紙諸氏			捶之累
昌	3	眵叱支			吹昌爲	侈尺氏			
船	1					舓食紙			
書	2	絁式支				弛式氏			
常	3	提是支			垂是爲	是丞紙			
日	2					爾兒氏			蘂而髓
見	5		羈居宜	槻居隨	嬀居爲		掎居綺		詭居委
溪	6		敧去奇	闚去隨	虧去爲		綺墟彼	跂去弭	跪去委
群	4	祇巨支	奇渠羈				技渠綺		跪求累
疑	4		宜魚羈		危魚爲		蟻魚倚		砨魚毀
曉	6	詑香支	犧許羈	隳許規	魔許爲		繷興倚		毀許委
匣	2				爲蘢支				蔿爲委
影	4	漪於離			透於爲		倚於綺		委於詭
以	2					酏移尔		莈羊捶	

		寘開A	寘開B	寘合A	寘合B
幫	2	臂卑義	賁彼義		
滂	2	譬匹義	帔披義		
並	2	避婢義	髲皮義		
明					
端					
透					
定					
泥					

來	2	詈力智		累羸僞	
知	2	智知義		娷竹恚	
徹					
澄					
娘	1			諉女睡	
精	1	積紫智			
清	1	刺此豉			
從	1	漬在智			
心	1	賜斯義			
邪					
莊					
初					
崇					
生	1	屣所寄			
俟					
章	2	寘支義		惴之睡	
昌	1			吹尺僞	
船					
書	1	翅施智			
常	2	豉是義		睡是僞	
日	1			䄯而睡	
見	2		寄居義		媯詭僞
溪	2	企去智		觖窺瑞	
群	1		芰奇寄		
疑	2		議宜寄		僞危賜
曉	1		戲羲義		
匣	1				爲榮僞
影	4	縊於賜	倚於義	恚於避	餧於僞
以	1	易以豉			

8）脂韻，116 個。

		脂開A	脂開B	脂合A	脂合B	旨開A	旨開B	旨合A	旨合B
幫	2		悲府眉			匕卑履			
滂	3	紕匹夷	丕敷悲				嚭匹鄙		
並	3	毗房脂	邳符悲				否符鄙		
明	2		眉武悲				美無鄙		
端	2	胝丁私				薾胝几			
透									
定									
泥									
來	4	棃力脂		灕力追		履力己		壘力軌	
知	1			追陟佳					
徹	1	絺丑脂							
澄	3	墀直尼		鎚直追		雉直几			
娘	2	尼女脂				柅女履			
精	4	咨即脂		嶉醉綏		姊將几		濢遵誄	
清	1							趡千水	
從	2	茨疾脂						靠但壘	
心	3	私息脂		綏息遺		死息姊			
邪	1					兓徐姊			
莊									
初									
崇									
生	2	師踈脂		衰所追					
俟									
章	2	脂旨夷				旨職雉			
昌	2	鴟處脂		推尺隹					
船									
書	3	尸式脂				矢式視		水式軌	
常	2			誰視隹		視承旨			
日	1			蕤儒隹					

見	5		飢居脂		龜居追		几居履	癸居履	軌居美
溪	1				歸丘追				
群	6		鬐渠脂	葵渠佳	逵渠追		跽暨几	揆葵癸	跽暨軌
疑	1		狋牛肌						
曉	2			倠許維				瞶許癸	
匣	1				帷洧悲				
影	2	伊於脂					歕於几		
以	3	姨以脂		惟以佳				唯以水	

去聲：

		至開 A	至開 B	至合 A	至合 B
幫	2	痹必至	祕鄙媚		
滂	2	屁匹鼻	濞匹偹		
並	2	鼻毗志	備平祕		
明	1		郿美祕		
端					
透					
定	1	地徒四			
泥					
來	2	利力至		類力遂	
知	2	致陟利		轛追頷	
徹	1	屎丑利			
澄	2	緻直利		墜直類	
娘	1	膩女利			
精	2	恣資四		醉將遂	
清	2	次七四		翠七醉	
從	2	自疾二		萃疾醉	
心	2	四息利		邃雖遂	
邪	1			遂徐醉	
莊					
初					
崇					

生	1			帥所類	
俟					
章	1	至旨利			
昌	1			出尺類	
船	1	示神至			
書	1	屍矢利			
常	1	嗜常利			
日	1	二而至			
見	3		冀几利	季癸悸	媿軌位
溪	3	弃詰利	器去冀		喟丘愧
群	3		臮其器	悸其季	匱逵位
疑	1		劓魚器		
曉	3		鯑許器	瞲許鼻血火季	豷許位
匣	1				位洧冀
影	1		懿乙利		
以	2	肄羊志		遺以醉	

9）之韻，99 個。

		之丑開（有缺）	止丑開	志丑開
幫				
滂				
並				
明				
端				
透				
定				
泥				
來	2		里良士	吏力置
知	2		征陟里	置陟吏
徹	1			眙丑吏
澄	2		峙直里	值直吏
娘				

精	1		子即里	
清	1			蠀七吏
從	1			字疾置
心	3	思息茲	枲胥里	笥相吏
邪	2		似詳里	寺辝吏
莊	2		滓側李	裁側吏
初	3	輜楚治	榯初紀	廁初吏
崇	2		士鋤里	事鋤吏
生	2		史踈士	駛所吏
俟				
章	3	之止而	止諸市	志之吏
昌	2		齒昌里	熾尺志
船				
書	3	詩書之	始詩止	試式吏
常	3	時市之	市時止	侍時吏
日	3	而如之	耳而止	餌仍吏
見	2		紀居似	記居吏
溪	2		起墟里	亟去吏
群	1	其渠之		
疑	3	疑語基	擬魚紀	觺魚記
曉	1		喜虛里	
匣	1		矣于紀	
影	2		譩於擬	意於既
以	3	飴与之	以羊止	異餘吏

10）微韻，20 個。

	微子開（缺）	微子合（缺）	尾子開	尾子合	未子開
幫	2			匪非尾		沸符謂
滂	1			斐妃尾		
並	2			膹浮鬼		鼻扶沸
明	3	微無非		尾無匪		未無沸
端						
透						

定					
泥					
來					
知					
徹					
澄					
娘					
精					
清					
從					
心					
邪					
莊					
初					
崇					
生					
俟					
章					
昌					
船					
書					
常					
日					
見	3			蟣居狶	鬼居里	既居未
溪	2			豈氣裏		氣去既
群						
疑	2			顗魚豈		毅魚既
曉	2				烜許葦	欷許既
匣	1				鞼韋鬼	
影	2				磈於鬼	衣於既
以						

11）魚韻，43 個。

		魚丑（缺）	語丑	御丑
幫				
滂				
並				
明				
端	1		貯丁呂	
透				
定				
泥				
來	2		呂力舉	慮力據
知	1			著張慮
徹	1		楮丑呂	
澄	1		佇除呂	
娘				
精	2		苴子与	怚子據
清	2		岻七与	覻七慮
從				
心	2		諝私呂	絮息據
邪	1		敘徐舉	
莊	2		阻側呂	詛側據
初	1		楚初舉	
崇	2		齟鋤呂	助鋤據
生	2		所踈舉	疏所據
俟				
章	2		煮諸与	蠹之據
昌	1		杵昌与	
船	1		紓神与	
書	2		暑舒莒	恕式據
常	1			署常慮
日	2		汝如与	洳而據

見	2		舉居許	據居御
溪	2		去羌呂	㰩卻據
群	2		巨其呂	遽渠據
疑	3	魚語居	語魚舉	御魚據
曉	1		許虛舉	
匣				
影	2		掞於許	飫於據
以	2		與余呂	豫余據

12）虞韻，44 個。

		虞丑（缺）	麌丑	遇丑
幫	2		甫方主	付府遇
滂	1			赴撫遇
並	2		父扶宇	附符遇
明	2		武無主	務武遇
端				
透				
定				
泥				
來	2		縷力主	屢李遇
知	1			註中句
徹				
澄	2		柱直主	住持遇
娘				
精	1			緅子句
清	2		取七廋	娶七句
從	2		聚慈庾	墼才句
心	1		緒思主	
邪				
莊				
初	1			㑳芻注
崇				

生	2		數所矩	**數**色句
俟				
章	2		主之庾	注之戍
昌				
船				
書	1			戍傷遇
常	2		豎殊主	樹殊遇
日	2		乳而主	孺而遇
見	2		矩俱羽	屨俱遇
溪	1		齲驅主	
群	2		窶其矩	懼其遇
疑	3	虞語俱	麌虞矩	遇虞樹
曉	2		詡況羽	煦香句
匣	2		羽于矩	芋羽遇
影	2		傴於武	嫗紆遇
以	2		庾以主	裕羊孺

13）模韻，32 個。

		模一（缺）	姥一	暮一
幫	2		補博戶	布博故
滂	2		普滂古	怖普故
並	2		簿裴古	捕薄故
明	3	模莫胡	姥莫補	暮莫故
端	2		覩當古	妒當故
透	2		土他古	兔湯故
定	2		杜徒古	渡徒故
泥	2		怒奴古	笯乃故
來	2		魯郎古	路洛故
知				
徹				
澄				
娘				

精				
清	2		蘆采古	厝倉故
從	1			祚昨故
心	1			訴蘇故
邪				
莊				
初				
崇				
生				
俟				
章				
昌				
船				
書				
常				
日				
見	2		古姑戶	顧古暮
溪	1			袴苦故
群				
疑	1		五吾古	
曉	1		虎呼古	
匣	2		戶胡古	護胡故
影	2		塢烏古	污烏故
以				

14）齊韻，39 個。

		齊四開（缺）	齊四合（缺）	齊丑開（缺）	齊四開	霽四開	霽四合
幫	2				觮補米	閉博計	
滂	1					媲匹詣	
並	2				陛傍礼	薜薄計	
明	2				米莫礼	謎莫計	
端	2				邸都礼	帝都計	

透	2				體他礼	替他計	
定	2				弟徒礼	第特計	
泥	2				禰乃礼	泥奴細	
來	2				礼盧啓	麗魯帝	
知							
徹							
澄							
娘							
精	2				濟子礼	霽子計	
清	2				泚千礼	砌七計	
從	2	齊徂斳				嚌在細	
心	2				洗先礼	細蘇計	
邪							
莊							
初							
崇							
生							
俟							
章							
昌							
船							
書							
常							
日							
見	2					計古脂	桂古惠
溪	2				啓康礼	契苦計	
群							
疑	2				堄吾礼	詣五計	
曉	1						嚖虎惠
匣	3				傒胡礼	蒵胡計	慧胡桂
影	2				黳一弟	翳於計	
以							

15）祭泰廢支韻，79 個。

		泰一開	泰一合
幫	1	貝博蓋	
滂	1	霈普蓋	
並			
明			
端	2	帶都蓋	祋丁外
透	2	泰他蓋	娧他外
定	2	大徒蓋	兌杜會
泥	1	槸奴帶	
來	2	賴落蓋	酹郎外
知			
徹			
澄			
娘			
精	1		最作會
清	1	蔡七蓋	
從	1		蕞在外
心			
邪			
莊			
初			
崇			
生			
俟			
章			
昌			
船			
書			
常			
日			

見	2	蓋古太	儈古兌
溪	2	磕苦蓋	檜苦會
群			
疑	2	艾五蓋	外吾會
曉	2	餀海蓋	譮虎外
匣	2	害胡蓋	會黃帶
影	2	藹於蓋	憎烏外
以			

祭韻

		祭開 A	祭開 B	祭合 A	祭合 B
幫	1	蔽必袂			
滂					
並	1	弊毗祭			
明					
端					
透					
定					
泥					
來	1	例力滯			
知	2	瘈竹例		綴陟衛	
徹	1	跇丑世			
澄	1	滯直例			
娘					
精	2	祭子例		蕝子芮	
清	1			毳此芮	
從					
心	1			歲相芮	
邪	1			篲囚歲	
莊					
初	1			毳楚歲	
崇					

生	2	幓所例		哷山芮	
俟					
章	2	制職例		贅之芮	
昌	1	掣尺制			
船					
書	2	世舒制		稅舒芮	
常	2	逝時制		啜市芮	
日				芮而銳	
見	2		獥居例		劌居衛
溪	1		憩去例		
群	1		偈其憩		
疑	1	藝魚祭			
曉					
匣					
影	1		朅於罽		
以	2	曳餘制		銳以芮	

廢韻

		廢子開	廢子合
幫	1	廢方肺	
滂	1	肺芳廢	
並	1	吠符廢	
明			
端			
透			
定			
泥			
來			
知			
徹			
澄			
娘			
精			

清			
從			
心			
邪			
莊			
初			
崇			
生			
俟			
章			
昌			
船			
書			
常			
日			
見			
溪	1		愆丘吷
群	1		鞻巨穢
疑	1	刈魚廢	
曉	1		喙許穢
匣			
影	1		穢於肺
以			

支韻

		支（夬）二開	支（夬）二合
幫			
滂			
並	1	敗薄邁	
明			
端			
透			
定			
泥			

來			
知			
徹	1	蠆丑界	
澄			
娘			
精			
清			
從			
心			
邪			
莊			
初	1		㗧楚夬
崇			
生	1	冊所界	
俟			
章			
昌			
船			
書			
常			
日			
見	2	芥古邁	叏古邁
見	2	芥古邁	夬古邁
溪	1		快苦叏
溪	1		快苦夬
群			
群			
疑			
疑			
曉	2	講火界	咶火叏
匣	1		話下快
影	2	喝於界	黵烏夬
以			

16）皆韻，20 個。

		皆二開（缺）	皆二合（缺）	駭二開	界（怪）二開	界（怪）二合
幫	1				拜博怪	
滂	1				湃普拜	
並	1				憊蒲界	
明	1				昒莫拜	
端						
透						
定						
泥	1				褹女界	
來						
知						
徹						
澄						
娘						
精						
清						
從						
心						
邪						
莊	1				瘵側界	
初						
崇						
生	1				鎩所界	
俟						
章						
昌						
船						
書						
常						
日						

見	4	皆古諧		鍇古駭	界古拜	怪古壞
溪	3			楷苦駭	炫客界	蒯苦拜
群						
疑	3			騃五駭	聣五界	聭五拜
曉						
匣	1					壞胡恠
影	2			挨於駭	噫烏界	
以						

17）灰韻，32 個。

		灰一合（缺）	賄一合	誨（隊）一合
幫	1			背補配
滂	1			配普佩
並	2		琲蒲罪	佩薄背
明	2		浼武罪	妹莫佩
端	2		腂都罪	對都佩
透	2		骽吐猥	退他內
定	2		鐓徒猥	隊徒對
泥	2		餒奴罪	內奴對
來	2		磥落猥	纇盧對
知				
徹				
澄				
娘				
精	2		槯子罪	晬子對
清	2		皠七罪	倅七碎
從	1		罪徂賄	
心	1			碎蘇對
邪				
莊				
莊				
初				

崇			
生			
章			
昌			
船			
書			
常			
日			
見	1			慣古對
溪	2		頯口猥	塊苦對
群				
疑			頠五罪	磑五內
曉	3	灰呼恢	賄呼猥	誨荒佩
匣	2		瘣胡罪	潰胡對
影	2		猥烏賄	隈烏繢
以				

18）臺韻，23 個。

		咍一開（缺）	待（海）一開	代一開
幫				
滂				
並	1		倍薄亥	
明	2		穤莫亥	穤莫代
端	2		等多改	戴都代
透	1			貸他代
定	3	臺徒來	待徒亥	代徒戴
泥	1		乃奴亥	
來				
知				
徹				
澄				
娘				

精	1			載作代
清	1			荣倉代
從	2		在昨改	載在代
心	1			賽先代
邪				
莊				
初				
崇				
生				
章				
昌				
船				
書				
常				
日				
見	2		改古亥	溉古礙
溪	1			慨苦愛
群				
疑	1			礙五愛
曉				
匣	2		亥胡改	瀣胡愛
影	2		欸於改	愛烏代
以				

19）真韻，90 個。

	真開A缺	真開B缺	真合A缺	真合B缺	軫開A	軫開B	軫合A	軫合B
幫								
滂								
並	1				牝毗忍			
明	2				泯武盡	愍眉殞		
端								
透								

聲類	數							
定								
泥								
來	2				憐力軫		輪力尹	
知								
徹	1				蹍勅忍			
澄	1				紖直忍			
娘								
精	1				檷子忍			
清	1				笉千忍			
從								
心	1						筍思忍	
邪								
莊								
初								
崇								
生								
章	2				軫之忍		准之尹	
昌	1						蠢尺尹	
船	1						盾食尹	
書	2				矧式忍		賰式尹	
常	1				腎時忍			
日	2				忍而引		䠂而尹	
見	1				緊居忍			
溪	2					螼丘忍		麋丘殞
群	1							窘渠殞
疑	2					釿宜忍		輑牛殞
曉								
匣	1							殞于閔
影								
以	2				引余軫		尹余准	

去入；

		震開A	震開B	震合A	震合B	質開A	質開B	質合A	質合B
幫	2	儐必刃					筆鄙密		
滂	2	顪匹刃				匹譬吉			
並	2					邲毗必	弼房律		
明	1						密美筆		
端									
透									
定									
泥									
來	3	遴力進				栗力質		律呂郇	
知	3	鎮陟刃				窒陟栗		怵竹律	
徹	3	疢丑刃				扶丑栗		黜丑律	
澄	3	陣直刃				秩直質		朮直律	
娘	1					暱尼質			
精	4	晉即刃		儁子峻		聖資悉		卒子聿	
清	1					七親悉			
從	1					疾秦悉			
心	4	信息晉		峻私閏		悉息七		卹辛律	
邪	1			殉辝閏					
莊									
初	1					厀初栗			
崇									
生									
章	3	震職刃		稕之閏		質之日			
昌	1							出尺聿	
船	2					實神質		術食聿	
書	2	眒式刃				失識質			
常	1	慎是刃							
日	3	刃而進		閏如舜		日人質			
見	2					吉居質		橘居蜜	

溪	2	敲去刃			詰去吉		
群	3		僅渠遴		姞巨乙		趫其聿
疑	2		懃魚靳			耴魚乙	
曉	3		蓋許觀		肸許吉		颰許聿
匣	1						颬于筆
影	2	印於刃				乙於筆	
以	3	胤与晉			逸夷質		聿餘律

20）臻韻，3 個。

		臻開 A 缺			櫛開 A
幫					
滂					
並					
明					
端					
透					
定					
泥					
來					
知					
徹					
澄					
娘					
精					
清					
從					
心					
邪					
莊	2	臻側詵			櫛阻瑟
初					
崇					
生	1				瑟所櫛

章					
昌					
船					
書					
常					
日					
見					
溪					
群					
疑					
曉					
匣					
影					
以					

21）文韻，23 個。

		文子合缺	吻子合	問子合	物子合
幫	3		粉方吻	糞府問	弗分勿
滂	2		忿敷粉		拂敷物
並	3		憤房吻	分扶問	佛符弗
明	4	文武分	吻武粉	問無運	物無佛
端					
透					
定					
泥					
來					
知					
徹					
澄					
娘					
精					
清					

從					
心					
邪					
莊					
初					
崇					
生					
俟					
章					
昌					
船					
書					
常					
日					
見	1			捃居運	
溪	1				屈區物
群	2			郡渠運	倔衢勿
疑					
曉	2			訓許運	颭許物
匣	2		扰反切缺	運云問	
影	3		惲於粉	醞於問	鬱紆勿
以					

22）斤韻，11 個。

		殷子開缺	隱子開缺	靳（焮）子開	迄子開
幫					
滂					
並					
明					
端					
透					
定					

泥					
來					
知					
徹					
澄					
娘					
精					
清					
從					
心					
邪					
莊					
初					
崇					
生					
章					
昌					
船					
書					
常					
日					
見	3	斤舉斦		靳居焮	訖居乞
溪	1				乞去訖
群	2			近巨靳	赵其迄
疑	1				疙魚迄
曉	2			焮許靳	迄許訖
匣	1				圪于乞
影	1			偐於靳	
以					

23）登韻，24 個。

		登一開缺	登一合缺	等一開缺	嶝一開	德一開	德一合
幫	1				窮方鄧		
滂							
並	2				倗父鄧	菔傍北	
明	2				懵武亙	墨莫北	
端	4	登都縢		等多肯	嶝都鄧	德多則	
透	1					忒他則	
定	2				鄧徒亙	特徒德	
泥							
來	2				僜魯鄧	勒盧德	
知							
徹							
澄							
娘							
精							
清	1				蹭七贈		
從	2				贈昨嶝	賊昨則	
心	1					塞蘇則	
邪							
莊							
初							
崇							
生							
章							
昌							
船							
書							
常							
日							
見	2				亙古嶝		國古或

溪	1				刻苦德	
群						
疑						
曉	1				黑呼德	
匣	1					或胡國刻胡北
影	1				餀愛黑	
以						

24）寒韻，60個。

		寒一開缺	寒一合缺	旱一開缺	旱一合缺	翰一開	翰一合	褐（末）一開	褐（末）一合
幫	2					半博漫	撥博末		
滂	2					判普半	鏺普栝		
並	2					叛薄半	跋蒲撥		
明	2					縵莫半	末莫曷		
端	3						鍛都亂	怛當割	掇多括
透	4					炭他旦	彖他亂	闥他達	侻他括
定	4					憚徒旦	段徒玩	達陁割	奪徒活
泥	2						偄乃亂	捺奴曷	
來	3					爛盧旦		剌盧達	捋盧活
知									
徹									
澄									
娘									
精	2						鑽子筭		繓子括
清	4					粲倉旦	竄七段	攃七曷	撮七活
從	2					瓚徂粲		巀才達	
心	3					繖蘇旦	筭蘇段	躠桑割	
邪									
莊									
初									
崇									

生								
章								
昌								
船								
書								
常								
日								
見	4					旰古旦	貫古段	葛古達	括古活
溪	3					侃苦旦		渴苦割	闊苦括
群								
疑	4					岸五旦	玩五段	辥五割	枂五活
曉	4					漢呼旦	瓁呼亂	顯許葛	豁呼括
匣	6	寒戶安		旱胡滿		翰胡旦	換胡段	褐胡葛	活戶括
影	4					按烏旦	藑烏段	遏烏葛	斡烏活
以								

25）魂韻，30 個。

		魂一合（缺）	混一合（缺）	慁一合	紇（沒）一合
幫					
滂	2			噴普悶	𩛢普沒𢶍普沒
並	1				勃蒲沒
明	2			悶莫困	沒莫勃
端	2			頓都困	咄當沒
透	1				宊他骨
定	2			鈍徒困	宊陀忽
泥	2			嫩奴困	訥諾骨
來	1				䟐勒沒
知					
徹					
澄					
娘					
精	1				卒則沒
清	1				猝麁沒

從	1				捽昨沒
心	2			巽蘇困	窣蘇沒
邪					
莊					
初					
崇					
生					
章					
昌					
船					
書					
常					
日					
見	2			錕古鈍	骨古忽
溪	2			困苦悶	窟苦骨
群					
疑	2			顐五困	兀五忽
曉	1				忽呼骨
匣	3	魂戶昆	混胡本	慁胡困	
影	2			搵烏困	頜烏沒
以					

26）痕韻，4 個。

	痕一開（缺）	佷一開（缺）	恨一開	紇（沒）一開
幫				
滂				
並				
明				
端				
透				
定				

泥				
來				
知				
徹				
澄				
娘				
精				
清				
從				
心				
邪				
莊				
初				
崇				
生				
章				
昌				
船				
書				
常				
日				
見	1			艮古恨
溪				
群				
疑				
曉				
匣	3	痕戶恩	很痕墾		紇下沒
影				
以				

27）先韻，39 個。

		銑四開缺	銑四合缺	霰四開	霰四合	屑四開	屑四合
幫	2			遍博見		彆方結	
滂	2			片普見		撇普篾	
並	1					蹩蒲結	
明	2			麪莫見		蔑莫結	
端	1					窒丁結	
透	1					鐵他結	
定	2			電堂見		姪徒結	
泥	2			晛奴見		涅奴結	
來	1					艭練結	
知							
徹							
澄							
娘							
精	2			薦作見		節子結	
清	1					切千結	
從	2			薦在見		截昨結	
心	2			霰蘇見		屑先結	
邪							
莊							
初							
崇							
生							
俟							
章							
昌							
船							
書							
常							
日							
見	3				睊古縣	結古屑	玦古穴
溪	3			俔苦見		猰苦結	闋苦穴

群					
疑	2	硯五見		齧五結	
曉	3		絢許縣	疦虎結	血呼決
匣	3	現戶見		纈胡結	穴胡玦
影	4	宴烏見	餌烏縣	噎烏結	抉於穴
以					

28）仙韻，70 個。

		獮開A缺	線開A	線開B	線合A	線合B	薛開A	薛開B	薛合A	薛合B
幫	2			變彼眷			鷩並列			
滂	2		鴘匹扇				覕芳滅			
並	2			卞皮變			楩扶列			
明	1						滅亡列			
端										
透										
定										
泥	2		輾女箭							吶女劣
來	3				戀力卷		列呂薛			劣力惙
知	4		驛陟彥		囀知戀		哲陟列			輟陟劣
徹	3				猭丑戀		屮丑列			被丑劣
澄	2				傳直戀		轍直列			
娘										
精	3		箭子賤				蠽姊列			蕝子悅
清	2				縓七選					膬七絕
從	2		賤在線							絕情雪
心	4	獮息淺	線私箭		選息便		薛私列			雪相絕
邪	1				淀辝選					
莊	1									茁側劣
初	1				篏廁別					
崇	1				饌士變					
生	3				篡所眷		樧山列			殺所劣
章	2		戰之膳				晣旨熱			
昌	3		硟尺戰		釧尺絹					歠昌雪

船	1				舌食列		
書	2	扇式戰				說失熱	
常	2		捶豎釧			啜樹雪	
日	3		眲人絹		熱如列	爇如雪	
見	3			眷居倦	孑居列		蹶紀劣
溪	2				朅去竭	缺傾雪	
群	2			倦渠卷	傑渠列		
疑	2	彥魚變			孽魚列		
曉	2				焆許列	旻許列	
匣	1			瑗王眷			
影	4	鞙於扇			焆於列	妜於悅	噦乙劣
以	2		椽以絹			悅翼雪	

29）刪韻，32 個。

		潸二開缺	潸二合缺	訕（諫）二開	訕（諫）二合	鎋二開	鎋二合
幫	1					捌百鎋	
滂	1			礬普患			
並							
明	2			慢莫晏		矕莫鎋	
端	1						鷐丁刮
透	1					獺他鎋	
定							
泥							
來							
知							
徹	1						頒丑刮
澄							
娘	3				妠女患	瘰女鎋	妠女刮
精							
清							
從							
心							

邪						
莊	1		㬥丑晏			
初	4		鑔初鴈	篡楚患	刹初鎋	籫初刮
崇	1		虥士諫			
生	2	潸數板	訕所晏			
章						
昌						
船						
書						
常						
日						
見	4		諫古晏	慣古患	鸛古鎋	刮古頒
溪	1				窫枯鎋	
群						
疑	4		鴈五晏	薍五患	䶖吾鎋	䘼五刮
曉						
匣	3			患胡慣	鎋胡瞎	頡下刮
影	2		晏烏澗		鸛乙鎋	
以						

30）山韻，27 個。

		產二開缺	襉二開	襉二合	黠二開	黠二合
幫	1				八博拔	
滂	1				汃普八	
並	2		辦薄莧		拔蒲八	
明	2		蔄莫莧		偭莫八	
端	1					窡丁滑
透						
定	1		袒大莧			
泥	1				疤女黠	
來						
知						

徹						
澄						
娘	1					豽女滑
精						
清						
從						
心						
邪						
莊	1				箚側八	
初	2		屫初覔		齰截初八	
崇	2	產所簡			殺所八	
生						
章						
昌						
船						
書						
常						
日						
見	3		禍古覔		戛古黠	割古滑
溪	1					刉口八
群						
疑	1					黜五滑
曉	1					傄呼八
匣	4		莧侯辦	幻胡辦	點胡八	滑戶八
影	2				軋烏八	嘬烏八
以						

31）元韻，29個。

		阮子合缺	願子開	願子合	月子開	月子合
幫	2		販方彭		髮方月	
滂	2		嬔芳万		怖匹伐	
並	2		飯符万		伐房越	

明	1		万無販			
端						
透						
定						
泥						
來						
知						
徹						
澄						
娘						
精						
清						
從						
心						
邪						
莊						
初						
崇						
生						
章						
昌						
船						
書						
常						
日						
見	4		建居万	攣居願	許居謁	厥居月
溪	2			券去願		闕去月
群	3		健渠建		揭其謁	钀其月
疑	3	阮虞遠		願魚怨		月魚厥
曉	4		獻許建	楦許勸	歇許謁	颰許月
匣	2			遠于彭		越王伐
影	4		堰於建	怨於彭	謁於歇	嫛於月
以						

32）蕭韻，18個。

		篠四缺	嘯四
幫			
滂			
並			
明			
端	1		弔多嘯
透	1		糶他弔
定	1		藋徒弔
泥	1		尿奴弔
來	1		顤力弔
知			
徹			
澄			
娘			
精			
清			
從			
心	11		嘯蘇弔
邪			
莊			
初			
崇			
生			
章			
昌			
船			
書			
常			
日			
見	1		叫古弔

溪	1		竅苦弔
群			
疑	1		顤五弔
曉			
匣			
影			
以			

33）霄韻，18 個。

		小 A 缺	小 B 缺	笑 A	笑 B
幫					
滂	1			剽匹笑	
並	1			驃毗召	
明	2			妙彌召	庿眉召
端					
透					
定					
泥					
來	1			燎力召	
知					
徹	1			朓丑召	
澄					
娘					
精	1			醮子誚	
清	1			陗七肖	
從	1			噍才笑	
心	2		小私兆		笑私妙
邪					
莊					
初					
崇					
生					

				照之笑	
章	1			照之笑	
昌					
船					
書	1			少失召	
常					
日					
見					
溪	1			趬丘召	
群					
群					
疑	2			虓牛召	嶠渠廟
曉					
匣					
影	1			要於笑	
以	1			曜弋笑	

34) 肴韻, 23 個。

		肴二之半	巧二缺	效二
幫	1			豹博教
滂	1			奅匹豹
並	2	庖薄交		皰防教
明	1			皃莫教
端	1			罩都教
透				
定				
泥	1			橈奴効
來				
知	1	嘲張交		
徹	1			趠褚教
澄	1			棹直教
娘				
精				

清				
從				
心				
邪				
莊	2	䜴側交		抓側教
初	2	讘楚交		抄初教
崇				
生	1			稍所教
章				
昌				
船				
書				
常				
日				
見	2		絞古巧	教古校
溪	1			敲苦教
群				
疑	2	聱五交		樂五教
曉	1			孝呼教
匣	1			效胡教
影	1	顤於交		
以				

35）豪韻，32 個。

		豪一	晧一缺	號一
幫	2	襃博毛		報博秏
滂				
並	2	袍薄襃		暴薄報
明	2	毛莫袍		帽莫報
端	2	刀都勞		到都導
透				
定	2	陶徒刀		導徒到

泥	1	猱奴刀		
來	2	勞盧刀		嘮盧到
知				
徹				
澄				
娘				
精	1	糟作曺		
清	2	操七刀		操七到
從	2	曹昨勞		漕在到
心	1			臊蘇到
邪				
莊				
初				
崇				
生				
俟				
章				
昌				
船				
書				
常				
日				
見	2	高古勞		誥古到
溪	2	尻苦勞		犒苦到
群				
疑	2	敖五勞		傲五到
曉	2	蒿呼高		耗呼報
匣	3	豪胡刀	晧胡老	號胡到
影	2	爊於刀		奧烏到
以				

36）庚韻，70 個。

		庚二開	庚二合	庚子開	庚子合	梗二開缺
幫	1			兵補榮		
滂	1	磅撫庚				
並	1	彭薄庚				
明	2	盲武更		明武兵		
端						
透						
定						
泥	1	鬤乃庚				
來						
知	1	趟竹盲				
徹	1	瞠丑庚				
澄	1	棖直庚				
娘						
精						
清						
從						
心						
邪						
莊						
初	1	鎗楚庚				
崇	1	傖助庚				
生	1	生所京				
俟						
章						
昌						
船						
書						
常						
日						

見	4	庚古行	觥古橫	驚舉卿		梗古杏
溪	2	坑客庚		卿去京		
群	1			擎渠京		
疑	1			迎語京		
曉	3	脝許庚	諻虎橫		兄許榮	
匣	3	行戶庚	橫胡盲		榮永兵	
影	1			霙於驚		
以						

上去：

	更／敬二開	更／敬二合	更／敬子開	更／敬子合	陌二開	陌二合	陌子開	陌子合
幫	2					伯博白		碧逋逆	
滂	1					拍普伯			
並	1					白傍陌			
明	3	孟莫鞭		命眉映		陌莫百			
端									
透									
定									
泥									
來									
知	2	倀豬孟				磔陟格			
徹	1					坼丑格			
澄	1	鋥宅硬							
娘	1					蹃女伯			
精									
清									
從									
心									
邪									
莊	1					嘖側陌			
初	2	濨楚敬				柵惻戟			

崇	1					齰鋤陌			
生	1					索所戟			
章									
昌									
船									
書									
常									
日									
見	5	更古孟		敬居命		格古陌	虢古伯	戟几劇	
溪	3			慶綺映		客苦陌		隙綺戟	
群	2			競渠敬				劇奇逆	
疑	3	鞕五孟				額五百		逆宜戟	
曉	4	諱許孟				赫呼格	謞虎伯	虩許郤	
匣	5	行胡孟			詠爲柄	垎胡格	嚄胡百		矆于陌
影	4			映於敬		啞烏陌	擭一虢		䭸乙白
以									

37）耕韻，35 個。

		耕二開	耕二合	耿二開缺	諍二開	諍二合	隔/麥二開	隔/麥二合
幫	3	繃逋萌			迸北諍		檗博厄	
滂	2	怦普耕					擗普麥	
並	1	輣扶萌						
明	2	甍莫耕					麥莫獲	
端								
透								
定								
泥								
來								
知	2	打中莖					摘陟革	
徹								
澄	1	橙**直**耕						
娘	1	儜女耕						

精							
清							
從							
心							
邪							
莊	3	爭側莖		諍側迸		責側革	
初	2	琤楚莖				策惻革	
崇	2	崝士耕				賾士革	
生	1					栜所責	
章							
昌							
船							
書							
常							
日							
見	4	耕古莖		耿古幸		隔古核	蟈古獲
溪	2	鏗口莖				礊口革	
群							
疑	1	娙五莖					
曉	2		轟呼宏				諕呼麥
匣	4	莖戶耕	宏戶瑚			覈下革	獲胡麥
影	2	甖烏莖				厄烏革	
以							

38）清韻，50個。

		清丑開	清丑合	請丑開缺	請丑合缺	清／勁丑開	清／勁丑合	昔丑開	昔丑合
幫	1							辟必益	
滂	2					響匹政		僻芳辟	
並	2					摒防政		擗房益	
明	2	名武並				詺武響			
端									

透								
定								
泥								
來	2	跉呂貞				令力政		
知	1	貞陟盈						
徹	2					迡丑鄭	彳丑尺	
澄	3	呈**直**貞				鄭直政	擲直炙	
娘								
精	1	精子情						
清	4	清七精	請七靖			清七政	敧七迹	
從	3	情疾盈				淨疾政	籍秦昔	
心	3	騂息營				性息正	皆私積	
邪	2	餳徐盈					廝詳亦	
莊								
初								
崇								
生								
章	3	征諸盈				政之盛	隻之石	
昌	1						尺昌石	
船	1						**羼**食亦	
書	2	聲書盈					**釋**施隻	
常	3	成市征				盛承政	石常尺	
日								
見	1					勁居盛		
溪	2	輕去盈	傾去盈					
群	2	頸巨成	瓊渠營					
疑								
曉	2					夐虛政		暥許役
匣								
影	4	嬰於盈	縈於營	嚶於郢			益伊昔	
以	6	盈以成	營余傾	郢以整	穎餘頃		繹羊益	役營隻

39）冥韻，44個。

		青四開	青四合	茗/迥四開缺	茗/迥四合缺	暝/徑四開	暝/徑四合	錫四開	錫四合
幫	1							壁北激	
滂	1							霹普激	
並	1	瓶薄經							
明	4	宭莫經		茗莫迥		暝莫定		覓莫歷	
端	3	丁當經				矴丁定		的都歷	
透	3	汀他丁				聽他定		逖他歷	
定	3	庭特丁				定特徑		荻徒歷	
泥	3	**寧**奴丁				**甯**乃定		恝奴歷	
來	2	靈郎丁						靂閭激	
知									
徹									
澄									
娘									
精	2	青蒼經						績則歷	
清	2					蹈千定		戚倉歷	
從	1							寂昨歷	
心	3	星桑經				腥息定		錫先擊	
邪									
莊									
初									
崇									
生									
俟									
章									
昌									
船									
書									
常									

日								
見	4	經古靈	扃古螢		徑古定		激古歷	郹古闃
溪	3				磬苦定		燉去激	闃苦鶪
群								
疑	1						鷊五歷	
曉	2	馨呼形					赦許狄	
匣	3	形戶經			脛戶定		檄胡狄	
影	2	鯖於刑				鎣烏定		
以								

40）歌韻，54 個。

		歌一開	歌一合	歌丑開	歌丑合	哿一開缺	哿一合缺	箇一開	箇一合
幫	1	波博何							
滂	2	頗滂何						破普臥	
並	1	婆薄何							
明	2	摩莫何						磨莫箇	
端	3	多得何	除丁戈					跢丁佐	
透	3	他託何	詑吐禾						唾託臥
定	4	馳徒何	牠徒禾					馱唐佐	憜徒臥
泥	4	那諾何	捼奴禾					奈奴箇	愞乃臥
來	2	羅盧何						邏盧箇	
知									
徹									
澄									
娘									
精	2		侳子過					佐作箇	
清	3	蹉七何	脞倉禾						剉麁臥
從	2	醝昨何	座昨禾						
心	1		莎蘇禾						
邪									
莊									
初									

崇									
生									
俟									
章									
昌									
船									
書									
常									
日									
見	5	歌古俄	過古禾			哿古我			箇古賀	過古臥
溪	5	珂苦何	科苦禾	佉墟伽					坷口佐	課苦臥
群									
疑	3	莪五哥	訛五禾						餓五箇	
曉	3	訶虎何		靴希波						貨呼臥
匣	4		盉胡戈	嗵丁戈					賀何箇	和胡臥
影	3	阿烏何	倭烏禾							涴烏臥
以	1		虵夷柯							

41）佳韻，32 個。

		佳二開	佳二合	蟹二開（缺）	蟹二合（缺）	懈（卦）二開	懈（卦）二合
幫	1					庍方卦	
滂	1					派匹卦	
並	2	牌薄佳				粺傍卦	
明	2	瞞莫佳				賣莫懈	
端							
透							
定							
泥	1	羺妳佳					
來							
知							
徹	1	扠丑佳					
澄							

娘							
精							
清							
從							
心							
邪							
莊	1					債側賣	
初	2	釵楚佳				差楚懈	
崇	2	柴士佳				瘥士懈	
生	2	崽山佳				曬所賣	
章							
昌							
船							
書							
常							
日							
見	4	佳古膎	媧姑柴			懈古隘	卦古賣
溪	2		咼苦蛙			矯苦賣	
群							
疑	2	崖五佳				睚五懈	
曉	3	醫火佳	蟦火咼			謑許懈	
匣	3	膎戶佳				邂胡懈	畫胡卦
影	3	娃於佳	蛙烏蝸			隘烏懈	
以							

42）麻韻，63 個。

		麻二開	麻二合	麻丑開	馬二開缺	馬丑開缺	禡二開	禡二合	禡丑開
幫	2	巴百加					霸博駕		
滂	2	葩普巴					帊芳霸		
並	1	爬蒲巴							
明	3	麻莫霞			馬莫下		禡莫駕		
端									

聲	數						
透							
定							
泥	1					膠乃亞	
來							
知	3	夌陟加	撾陟爪			吒陟訝	
徹	1					詫丑亞	
澄	1	宷宅加					
娘	1	拏女加					
精	2		嗟子邪				唶子夜
清	1						笡淺謝
從	2		查市邪				褯慈夜
心	1						蝑思夜
邪	2		衺似嗟				謝似夜
莊	2		髽莊華			詐側訝	
初	1	叉初牙					
崇	1					乍鋤駕	
生	2	砂所加					嗄所化
章	2			者之野			柘之夜
昌	3		車昌遮	奲車下			赤充夜
船	2		蛇食遮				射神夜
書	3		奢式車	捨書也			舍始夜
常	2		闍視奢	社市也			
日	2		婼而遮	若人者			
見	2	嘉古牙				駕古訝	
溪	3	齣客加				髂口訝	跨苦化
群							
疑	2	牙五加				迓吾駕	
曉	4	煆許加	花呼瓜			嚇呼訝	化霍霸
匣	4	遐胡加	華戶花			暇胡訝	摦胡化
影	3	鴉烏加	窊烏瓜			亞烏駕	
以	2		邪以遮				夜以射

43）侵韻，63 個。

		侵 A	侵 B	寢 A 缺	沁 A	沁 B	緝 A	緝 B
幫								
滂								
並								
明								
端								
透								
定								
泥	1				賃乃禁			
來	3	林力尋			萩力驗		立力急	
知	3	碪知林			椹陟驗		縶陟立	
徹	3	琛丑林			闖丑禁		湁丑入	
澄	3	沈除深			鴆直任		蟄直立	
娘	2	誑女心					𡆗女洽	
精	3	祲姊心			祲作驗		喋姊入	
清	4	侵七林		寢七稔	沁七驗		緝七入	
從	2	鷣昨淫					集秦入	
心	2	心息林					靸先立	
邪	2	尋徐林					習似入	
莊	3	簪側今			譖側讖		戢阻立	
初	2	篸楚今					届初戢	
崇	1	岑鋤簪						
生	3	森所今			滲所禁		澀色立	
章	2	斟職深					執之十	
昌	1	覘充針						
船	1						褶神執	
書	2	深式針					溼失入	
常	2	諶顉林					十是執	
日	2	任如林					入尔執	
見	3		金居音			禁居蔭		急居立
溪	2		欽去音					泣去急

群	3		琴渠今		舐巨禁	及其立
疑	2		吟魚今			㞦魚及
曉	1		歆許今			
匣	1					熠為立
影	4	愔於淫	音於今		蔭於禁	邑英及
以						

44）蒸韻，53 個。

		蒸丑開	拯丑開缺	證丑開	職丑開	職丑合
幫	2	冰筆陵			逼彼力	
滂	1				堛芳逼	
並	2	憑扶冰		凭皮孕		
明						
端						
透						
定						
泥	1				匿女力	
來	2			餧里證	力良**直**	
知	2	征陟陵			陟竹力	
徹	1	僜丑升				
澄	3	澄直陵		眙丈證	直除力	
娘						
精	2			甑子孕	即子力	
清						
從	1	繒疾陵				
心	1				息相即	
邪						
莊	1				稜阻力	
初						
崇	1				崱士力	
生	2	㲚先山矜			色所力	
章	3	蒸諸膺		證諸膺	職之翼	
昌	1	稱處陵				

船	3	繩食陵		乘實證	食乘力	
書	2	升識承		勝詩證		
常	2	承署陵			寔常職	
日	2	仍如承		認而證		
見	2	兢居陵			殛紀力	
溪	2	硱綺陵			輢丘力	
群	2	殑其矜			極渠力	
疑	2	疑魚陵			嶷魚抑	
曉	4	興虛陵		興許應	薣許力	洫況逼
匣	1					域榮逼
影	3	膺於陵		應於證	憶於力	
以	2			孕以證	弋与職	

45）尤韻，65 個。

		尤丑	有丑	宥丑
幫	2	不甫鳩		富府副
滂	2	飆匹尤		副敷救
並	1			復扶富
明	1	謀莫浮		
端				
透				
定				
泥				
來	1	劉力求		
知	3	輈張留	肘陟久	晝陟又
徹	2		丑勑久	畜丑救
澄	3	儔直由	紂**直**久	胄**直**又
娘	1			糅女救
精	1		酒子西	
清	1	秋七游		
從	3	酋字秋	湫在久	就疾僦
心	2	修息流	滫息有	

邪	1	囚似由		岫似**救**
莊	3	鄒則鳩	掫側久	皺側救
初	2	搊楚求		簉初**救**
崇	2	愁士求		驟鋤祐
生	3	搜所鳩	溲踈有	瘦所救
章	3	周職鳩	帚之久	呪職救
昌	2	犫赤周	醜處久	
船				
書	3	為式周	首書久	狩舒救
常	3	讎市州	受植酉	授承秀
日	3	柔耳由	蹂人久	輮人又
見	2		久舉有	**救**久祐
溪	2	丘去求惆去愁	糗去久	
群	2	裘巨鳩		舊巨**救**
疑	1	牛語求		
曉	3	休許尤	朽許九	齅許救
匣	2	尤羽求	有云久	宥尤救
影	2	優於求	颲於柳	
以	3	猷以周	酉与久	犬冗余救

46）侯韻，45 個。

		侯一	厚一	候一
幫	1		掊方垢	
滂	2		剖普厚	仆匹豆
並	2	裒蒲溝	部蒲口	
明	2		母莫厚	茂莫候
端	3	兜當侯	斗當口	鬪丁豆
透	3	偷託侯	妵他后	透他候
定	2	頭度侯		豆徒候
泥	2		穀乃后	槈奴豆

來	3	樓落侯	塿盧斗	陋盧候
知				
徹				
澄				
娘				
精	2	鯫子侯		奏則候
清	2		取倉后	輳倉候
從	1	剗徂鈎		
心	3	涷速侯	叟蘇后	瘶蘇豆
邪				
莊				
初				
崇				
生				
章				
昌				
船				
書				
常				
日				
見	3	鈎古侯	苟古厚	遘古候
溪	3	彄恪侯	口苦厚	寇苦**候**
群				
疑	2	齵五侯	藕五口	
曉	3	齁呼侯	吼呼猗	蔻呼候
匣	3	侯胡溝	厚胡口	**候**胡遘
影	3	謳烏侯	歐烏厚	漚於候
以				

47）幽韻，15 個。

		幽丑	黝丑	幼丑
幫				
滂				
並	1	滤扶髟彡		
明	2	繆武彪		謬靡幼
端				
透				
定				
泥				
來	1	鏐力幽		
知				
徹				
澄				
娘				
精	1	稵子幽		
清				
從				
心				
邪				
莊				
初				
崇				
生	1	慘山幽		
章				
昌				
船				
書				
常				
日				
見	2	樛居虬	糾居黝	
溪	1			䫏丘幼
群	1	虬渠幽	姟渠糾	

疑	1	**聱**語虯		
曉	1	飍香幽休許彪		
匣				
影	3	幽於虯	黝於糾	幼伊謬
以				

48）鹽韻，65 個。

		鹽 A	鹽 B	琰 A	琰 B	艷／豔 A	艷／豔 B	葉 A	葉 B
幫	3		砭府廉		歸廣韻		窆方驗		
滂									
並									
明									
端									
透									
定									
泥									
來	4	廉力鹽		斂力冉		殮力驗		獵良涉	
知	2	霑張廉						輒陟葉	
徹	3	覘丑廉		諂丑琰				鍤丑輒	
澄								牒直輒	
娘	2	黏女廉						聂尼輒	
精	3	尖子廉				㰔子豔		接紫葉	
清	4	籤七廉		憸七漸		壥七膽		妾七接	
從	3	潛昨鹽		漸自冉				捷疾葉	
心	1	銛息廉							
邪	1	燖徐廉							
莊									
初									
崇									
生									
章	2	詹職廉						讋之涉	
昌	2	襜處簷						謵叱涉	
船									

書	3	苫失廉		陝失冉		閃式贍		攝書涉	
常	3	棎視占				贍市豔		涉時攝	
日	4	髯汝鹽		冉而琰		染而贍		讘而涉	
見	2				檢居儼				劫居輒
溪	3		傔丘廉		預丘檢			庢去涉	
群	3		箝巨淹		儉巨險				极其輒
疑	3		鹻語廉		儼魚檢		顩語窆		
曉	1				險虛檢				
匣	2		炎于廉						瞱云輒
影	8	懕於鹽	淹英廉	魘於琰	奄應儉	猒於豔	懕抁驗	瘱於葉	敏於輒
以	3	鹽余廉		琰以冉				葉与涉	

49）添韻，38個。

		添四	忝四	㮇四	怗四
幫					
滂					
並					
明	1		䁗明忝		
端	4	髻丁兼	點多忝	店都念	聑丁協
透	4	添他兼	忝他點	㮇他念	帖他愜
定	4	甜徒兼	簟徒玷	磹徒念	爲徒協
泥	4	鮎奴兼	淰乃簟	念奴店	鑈奴協
來	3	鬑勒兼	稴盧忝		龓盧協
知					
徹					
澄					
娘					
精	2			僣子念	浹子協
清					
從	1				蕵在協
心	1			䃹先念	
邪					
莊					

初					
崇					
生					
章					
昌					
船					
書					
常					
日					
見	3	兼古甜	孏居點		頰古協
溪	4	謙苦兼	嗛苦簟	傔苦念	愜苦協
群					
疑					
曉	2	馦許兼			弽呼協
匣	3	嫌戶兼	鼸下忝		協胡鵊
影	2			酓於念	厴於協
以					

50）覃韻，51 個。

		覃一	禫／感一	醰／勘一	合一
幫					
滂					
並					
明					
端	4	躭丁含	黕都感	馾丁紺	答都合
透	4	貪他含	襑他感	僋他紺	錔他合
定	4	覃徒含	禫徒感	醰徒紺	沓徒合
泥	4	南那含	腩奴感	喃奴紺	納奴荅
來	3	婪盧含	壈盧感		拉盧荅
知					
徹					
澄					
娘					

精	3	簪作含	昝子感		帀子荅
清	3	参倉含	慘七感	謲七紺	
從	3	蠶昨含	歜徂感		雜徂合
心					
邪					
莊					
初					
崇					
生					
章					
昌					
船					
書					
常					
日					
見	4	弇古南	感古禫	紺古暗	閤古荅
溪	4	龕口含	坎苦感	勘苦紺	溘口荅
群					
疑	4	儑五南	顉五感	儑五紺	㘩五合
曉	3	蛤火含	顑呼感		欱呼荅
匣	4	含糊男	頷胡感	憾下紺	合胡荅
影	4	諳烏含	晻烏感	暗烏紺	姶烏合
以					

51）談韻，44個。

		淡／敢一	闞一	盍一
幫				
滂				
並				
明	2	姏武酣	姏謨敢	
端	4	擔都甘	膽都敢	擔都濫	㿬都盍
透	4	甜他酣	菼吐敢	賧吐濫	榻吐盍

定	4	談徒甘	噉徒敢	憺徒濫	蹋徒盍
泥	1				納奴盍
來	4	藍盧甘	覽盧敢	濫盧瞰	臘盧盍
知					
徹					
澄					
娘					
精	2	蹔作三	寁子敢		
清	2	笘倉甘	黲倉敢		
從	4	慙昨甘	槧才敢	暫慙濫	雜才盍
心	1				俹私盍
邪					
莊					
初					
崇					
生					
章					
昌					
船					
書					
常					
日					
見	4	甘古三	敢古覽	餡公暫	頷古盍
溪	3	坩苦甘		闞苦濫	榼苦盍
群					
疑	1				儑五盍
曉	3	蚶火談		詀呼濫	歃呼盍
匣	3	酣胡甘		憨下瞰	盍胡臘
影	2		垵安敢		鰪安盍
以					

52）咸韻，37個。

		咸二	減／鹻二	陷二	洽二
幫					
滂					
並					
明					
端	1			黇都陷	
透					
定	1		湛徒減		
泥					
來	1		臉力減		
知	2	詀竹咸			箚竹洽
徹	1		㒈丑減		
澄	1			賺佇陷	
娘	2		黏女減		囡女洽
精					
清					
從					
心					
邪					
莊	2		斬阻減		眨阻洽
初	2		臘初減		插楚洽
崇	3	讒士咸	瀺士減		鏨士洽
生	3	攕所咸	摻所斬		霎山洽
章					
昌					
船					
書					
常					
日					
見	3	緘古咸	減古斬		夾古洽

溪	4	鵠苦咸	屌苦減	齂口陷	恰苦洽
群					
疑	1	喦五咸			
曉	3	厰許咸	闞火斬		鮯呼洽
匣	4	咸胡讒	鬳下斬	陷戶韽	洽侯來
影	3	猎乙咸		韽於陷	踠烏洽
以					

53）銜韻，30 個。

		銜二	檻／檻二	鑑二	狎二
幫					
滂					
並					
明					
端	1				眹杜甲
透					
定					
泥					
來					
知					
徹					
澄	1				渫大甲
娘					
精	1			覽子鑑	
清					
從					
心					
邪					
莊					
初	4	攙楚銜	醶初檻	韱楚鑑	耆初甲
崇	3	巉鋤銜	巉士檻	鑱士韱	
生	4	衫所銜	揱山檻	釤所鑑	翣所甲

章					
昌					
船					
書					
常					
日					
見	3	鹽古銜		鑑格懺	甲古狎
溪	1	嵌口銜			
群					
疑	1	巖五銜			
曉	3		猷荒摲	徹許鑑	呷呼甲
匣	4	銜戶監	摲胡黯	覽胡懺	狎胡甲
影	2		黯於摲		鴨烏狎
以					

54）嚴韻，14個。

		嚴子	广子	嚴子	業子
幫					
滂					
並					
明					
端					
透					
定					
泥					
來					
知					
徹					
澄					
娘					
精					
清					
從					

心					
邪					
莊					
初					
崇					
生					
章					
昌					
船					
書					
常					
日					
見	1				刼居怯
溪	3	敆丘嚴	敆丘广		怯去刼
群					
疑	3	嚴語輪		嚴魚欠	業魚怯
曉	3	輪虛嚴	險虛广		脅虛業
匣					
影	4	腌於嚴	垵安敢淡韻	俺拎欠	腌於刼
以					

55）凡韻，10 個。

		凡子	范子	梵子	乏子
幫	1				法方乏
滂	2	芝匹凡		泛敷梵	
並	4	凡符芝	范苻凵	梵扶泛	乏房法
明	1		奆明范		
端					
透					
定					
泥					
來					
知					

徹				
澄				
娘				
精				
清				
從				
心				
邪				
莊				
初				
崇				
生				
章				
昌				
船				
書				
常				
日				
見				
溪	2		丩丘范	猲起法
群				
疑				
曉				
匣				
影				
以				

3.1.3 《裴韻》和《王三》反切上字的用字情形之比較

　　《裴韻》和《王三》反切上字的用字，有同有異，下面以聲母為綱，列表展示兩書共有韻和小韻的反切上字的用字情形，統計反切上字的使用次數，進行比較。

表五：《裴韻》與《王三》共有韻和小韻的反切上字用字比較表

	《裴韻》	《王三》
幫	23 個切上字 / 87 個小韻 / 3 個聲類	18 個切上字 / 80 個小韻 / 3 個聲類
	北 3　逋 2　博 / 博 20　補 4　**補** 2　彼 5 / 百 2　八 1　並 1 / 必 6　卑 4　方 18　分 1　封 1　府 9　甫 1　筆 1　鄙 3　變 1　畢 2　膚 1 / 非 1	北 3　逋 3　博 22　補 8　彼 6　波 1 / 並 1　必 3　卑 5　方 14　分 1　封 1　府 2　甫 6　鄙 2　筆 1 / 非 1
滂	13 個切上字 / 79 個小韻 / 2 個聲類	10 個切上字 / 55 個小韻 / 2 個聲類
	普 24　怖 0　滂 2 / 譬 1　妃 1　叵 1　匹 23　芳 10　撫 4　披 1　紛 1　敷 11	普 20　滂 2 / 譬 1　匹 17　疋 1　撫 2　孚 2　披 1　芳 8　妃 1
並	25 個切上字 / 97 個小韻 / 2 個聲類	18 個切上字 / 102 個小韻 / 2 個聲類
	薄 15　蒲 16 / 蒲 1　步 3　傍 5　琶 1　旁 1　平 1 / 扶 11　符 13 / 苻 1　被 1　婢 1　避 1　頻 1　房 8　防 2　馮 1　浮 1　父 2　裴 1　盆 1　皮 3　毗 5　憑 1	薄 17　傍 6　盆 0　平 1　蒲 18　步 2　裴 1 / 父 1　馮 1　扶 14　符 12　苻 2　房 10　防 2　皮 8　浮 1　毗 5　婢 1
明	16 個切上字 / 96 個小韻 / 2 個聲類	12 個切上字 / 86 個小韻 / 2 個聲類
	莫 51　暮 1　謨 1　摸 1 / 武 16　無 7　文 2　望 1　亡 1　明 2　民 2　靡 2　密 1　弥 3　美 2　眉 3	莫 42　謨 1 / 美 2　蜜 1　武 17　無 9　亡 1　明 2　彌 4　眉 3　文 2　靡 2
端	9 個切上字 / 63 個小韻 / 1 個聲類	7 個切上字 / 67 個小韻 / 1 個聲類
	都 24　當 7　得 1　德 2　丁 19　多 2　多 7　丹 1	多 7　得 2　德 2　都 25　當 8　多 2　丁 21
透	6 個切上字 / 51 個小韻 / 1 個聲類	4 個切上字 / 54 個小韻 / 1 個聲類
	他 39　天 1　土 1 / 吐 6　託 3　湯 1	他 42　託 3　吐 8　湯 1
定	8 個切上字 / 58 個小韻 / 1 個聲類	7 個切上字 / 58 個小韻 / 1 個聲類
	徒 44　大 2　杜 2　度 1　唐 2　堂 2　特 3　施 2	徒 47　度 1　杜 2　特 3　施 2　堂 2　大 1
泥	7 個切上字 / 45 個小韻 / 1 個聲類	6 個切上字 / 53 個小韻 / 1 個聲類
	奴 28　內 1　那 1　乃 12　泥 0　諾 2　妳 1	奴 36　乃 12　內 1　妳 1　諾 2　那 1
知	9 個切上字 / 55 個小韻 / 1 個聲類	7 個切上字 / 55 個小韻 / 1 個聲類
	陟 31　竹 9　褚 1　張 5　知 5　中 1　豬 1　著 1　追 1	知 5　張 3　中 3　追 1　豬 1　竹 12　陟 30
徹	4 個切上字 / 52 個小韻 / 1 個聲類	3 個切上字 / 56 個小韻 / 1 個聲類
	丑 39　**勅** 11　恥 1　褚 1	丑 42　敕 12　褚 2

澄	13 個切上字 / 57 個小韻 / 1 個聲類	7 個切上字 / 53 個小韻 / 1 個聲類
	直 40 池 1 持 2 趙 1 馳 1 除 3 宅 3 丈 1 治 2 佇 1 賑 1 場（場）1	直 40 佇 1 除 3 丈 2 持 2 池 2 宅 3
娘	2 個切上字 / 32 個小韻 / 1 個聲類	4 個切上字 / 36 個小韻 / 1 個聲類
	女 30 尼 2	嚀 1 娘 1 尼 4 女 30
來	17 個切上字 / 104 個小韻 / 1 個聲類	17 個切上字 / 109 個小韻 / 1 個聲類
	盧 26 郎 4 勒 2 羸 1 離 1 李 1 里 1 理 1 力 42 練 1 良 5 六 1 魯 3 閭 1 呂 7 洛 5 落 2	落 7 洛 1 勒 2 盧 27 練 1 郎 6 魯 3 閭 1 呂 7 羸 1 六 1 力 45 李 1 里 1 良 4 離 1
精	12 個切上字 / 93 個小韻 / 2 個聲類	13 個切上字 / 114 個小韻 / 2 個聲類
	子 45 即 13 將 4 觜 1 姊 4 紫 2 醉 1 遵 1 咨 1 / 資 2 / 作 12 則 7	子 45 祖 1 則 8 將 4 資 3 觜 1 即 14 / 作 29 借 紫 2 姊 5 醉 1 遵 1
清	13 個切上字 / 76 個小韻 / / 2 個聲類	11 個切上字 / 82 個小韻 / 2 個聲類
	倉 11 采 1 麁 2 千 11 / 七 42 蒼 1 雌 1 此 2 次 1 親 1 且 1 取 1 淺 1	倉 17 麁 2 采 1 千 9 / 取 2 且 1 淺 1 親 雌 1 七 45 此 2
從	14 個切上字 / 72 個小韻 / 2 個聲類	11 個切上字 / 77 個小韻 / 2 個聲類
	昨 16 徂 8 慙 1 在 13 才 6 / 秦 3 疾 13 聚 2 字 1 自 2 慈 4 存 1 絕 1 情 1	昨 17 在 17 徂 11 才 8 慙 1 / 秦 3 疾 14 慈 3 字 1 情 1 自 1
心	14 個切上字 / 89 個小韻 / 1 個聲類	14 個切上字 / 89 個小韻 / 1 個聲類
	息 26 蘇（蘇）28 先 10 桑 2 素 1 速 1 斯 2 胥 1 私 7 思 3 雖 1 相 5 送 1 辛 1	速 1 送 1 素 2 先 9 蘇 26 桑 2 思 2 辛 1 私 7 斯 2 雖 1 胥 1 相 5 息 29
邪	7 個切上字 / 26 個小韻 / 1 個聲類	7 個切上字 / 25 個小韻 / 1 個聲類
	徐 7 詳 4 似 9 旬 1 隨 1 囚 1 辝 3	隨 1 旬 1 似 9 詳 4 囚 1 徐 6 辝 3
莊	6 個切上字 / 39 個小韻 / 1 個聲類	4 個切上字 / 33 個小韻 / 1 個聲類
	側 30 莊 1 爭 1 潛 1 滓 1 阻 5	側 26 阻 5 莊 1 責 1
初	6 個切上字 / 44 個小韻 / 1 個聲類	5 個切上字 / 45 個小韻 / 1 個聲類
	初 20 楚 19 測 1 惻 2 芻 1 廁 1	初 19 楚 21 廁 1 惻 2 測 2
崇	5 個切上字 / 30 個小韻 / 1 個聲類	4 個切上字 / 29 個小韻 / 1 個聲類
	士 16 鋤 11 鉏 1 仕 1 助 1	士 15 仕 1 鋤 12 助 1
生	4 個切上字 / 53 個小韻 / 1 個聲類	4 個切上字 / 50 個小韻 / 1 個聲類
	所 37 山 9 色 2 疏 5	所 36 疏 5 色 2 山 7

章	10 個切上字 / 55 個小韻 / 1 個聲類	8 個切上字 / 55 個小韻 / 1 個聲類
	職 10　職 3　諸 7　章 1　旨 3　止 1　之 27　支 1　主 1　真 1	之 27　職 12　職 1　旨 2　諸 8　支 2　章 1　止 2
昌	9 個切上字 / 40 個小韻 / 1 個聲類	7 個切上字 / 32 個小韻 / 1 個聲類
	處 7　尺 12　昌 11　叱 2　充 4　赤 1　鴟 1　齒 1　蚩 1	充 4　昌 1　處 7　車 1　赤 1　尺 16　叱 2
常	14 個切上字 / 45 個小韻 / 1 個聲類	14 個切上字 / 45 個小韻 / 1 個聲類
	常 6　蜀 1　時 9　是 6　穎 1　視 2　市 9　署 1　丞 1　承 3　殊 3　植 1　豎 1　樹 1	是 7　氏 1　視 4　丞 1　承 3　署 2　植 1　常 5　市 8　時 8　殊 2　蜀 1　豎 1　樹 1
書	11 個切上字 / 47 個小韻 / 1 個聲類	9 個切上字 / 36 個小韻 / 1 個聲類
	書 8　式 18　識 3　室 1　詩 2　舒 5　失 4　施 2　傷 1　聲 2　始 1	失 5　矢 1　施 3　式 17　識 5　商 1　傷 1　詩 2　始 1
船	5 個切上字 / 16 個小韻 / 1 個聲類	4 個切上字 / 17 個小韻 / 1 個聲類
	食 7　脣 1　實 1　乘 1　神 6	食 8　乘 1　實 1　神 7
日	10 個切上字 / 44 個小韻 / 1 個聲類	9 個切上字 / 46 個小韻 / 1 個聲類
	而 21　如 11　汝 3　儒 1　耳 1　兒 1　人 3　任 1　仍 1　尔 1	如 12　汝 3　而 21　耳 1　人 5　儒 1　兒 1　爾 1　仍 1
見	22 個切上字 / 175 個小韻 / 2 個聲類	18 個切上字 / 171 個小韻 / 2 個聲類
	居 55　詭 1　奇 2　舉 3　九 3　久 1　几 2　癸 1　紀 2　嬌 1　軌 1　勁 1　俱 2　駒 1　古 90　工 1　公 1　堅 2　姑 2　各 1　格 1　覺 1	居 56　駒 1　俱 2　久 1　九 1　君 1　舉 4　紀 3　几 2　詭 1　癸 1　軌 1　吉 1 /　古 91　公 1　姑 2　各 1　格 1
溪	23 個切上字 / 145 個小韻 / 2 個聲類	19 個切上字 / 141 個小韻 / 2 個聲類
	去 33　詰 1　氣 1　卻 1　傾 1　起 2　驅 1　曲 1　丘 15　墟 4　窺 1　羌 1　綺 2　倚 1 /　苦 59　客 3　口 10　恪 2　康 2　枯 2　空 1　區 1	去 33　卻 1　丘 16　羌 1　詰 1　傾 1　氣 1　區 1　驅 2　墟 4　起 2　綺 2 /　苦 57　康 3　口 10　枯 1　客 3　恪 1　空 1
羣	8 個切上字 / 61 個小韻 / 1 個聲類	8 個切上字 / 65 個小韻 / 1 個聲類
	渠 27　巨 12　其 16　求 1　葵 1　暨 2　逵 1　衢 1	暨 2　衢 2　巨 11　求 2　渠 30　其 16　葵 1　逵 1
疑	10 個切上字 / 105 個小韻 / 2 個聲類	8 個切上字 / 106 個小韻 / 2 個聲類
	五 51　吾 3 /魚 31　藐 1　語 9　危 1　宜 3　牛 3　義 1　虞 2	五 49　吾 6 /魚 31　牛 4　虞 3　語 9　宜 3　危 1

曉	16 個切上字／138 個小韻／2 個聲類	14 個切上字／134 個小韻／2 個聲類
	呼 37　虎 8　火 8　荒 2　霍 1　呵 1　虛 11　希 1　香 4　許 60　興 1　況 2　義 1　海 1	呼 33　荒 2　火 9　海 1　虎 8　呵 1　霍 1　／虛 9　香 4　況 2　義 2　許 58　希 3　興 1
匣	22 個切上字／137 個小韻／2 個聲類	16 個切上字／130 個小韻／2 個聲類
	胡 64　戶 19　下 12　侑 1　永 2　爲 3　燹 1　侯 2　何 1　乎 2　黃 1／王 5　雨 1　于 7　韋 1　榮 2　洧 1　云 3　玄 1　尤 1　羽 5　英 2	胡 66　何 1　戶 15　侯 2　黃 2　下 11　云 3　韋 1　王 5　雨 1　羽 3　尤 1　于 10　爲 5／榮 3　永 1
影	14 個切上字／151 個小韻	10 個切上字／151 個小韻
	烏 48　阿 2　安 1　愛 1　一 3　恩 1／於 4　於 78　乙 4　紆 3　應 1　伊 3　憂 1　憶 1	烏 53　阿 2　安 2　愛 1／於 79　乙 6　伊 2　應 2　憂 1　紆 3
以	10 個切上字／56 個小韻	11 個切上字／54 個小韻
	夷 2　以 16　羊 5　弋 3　翼 1　移 1　余 9　餘 10　與 8　營 1	夷 2　以 16　羊 5　弋 1　翼 1　移 1　余 10　餘 10　與 6　與 1　營 1

3.1.4 《裴韻》今傳本反切上字跟《王三》的異同

表五展示了《裴韻》反切上字跟《王三》的異同情形，具體說來，有三點：

1. 同一個聲母，《裴韻》反切上字用字跟《王三》互有同異。如幫母《裴韻》反切上字跟《王三》相同的有 16 個：北、逋、博、補、彼、并、必、卑、方、分、封、府、甫、鄙、筆、非。《裴韻》比《王三》多出 5 個反切上字：百、八、變、畢、膚。《王三》則比《裴韻》多出一個反切上字：波。總的看來，兩書所用的反切上字多數相同。

2. 同一個聲母所用的反切上字字數有所不同，多數情況下，《裴韻》所用的反切上字字數比《王三》多。如影母的反切上字，《裴韻》用了 14 個，而《王三》用了 10 個。也有《裴韻》所用的反切上字字數比《王三》少或字數相同的情形，如娘母的反切上字，《裴韻》用了 2 個，而《王三》用了 4 個。常母兩書都用了 14 個相同的反切上字。

3. 同一個反切上字，兩書所管的小韻個數不同，即反切上字所用的次數不同，多數情況下，《裴韻》反切上字所管的小韻反切數比《王三》多。如《裴韻》

匣母用了 22 個切上字，管 137 個小韻反切，而《王三》匣母用了 16 個切上字，管 130 個小韻。也有《裴韻》反切上字所管的小韻反切數比《王三》少或者相同的情形，如《裴韻》精母用了 12 個切上字管 93 個小韻，而《王三》用 13 個切上字管 114 個小韻。心母兩書都用 14 個相同的切上字管 89 個小韻。

3.2 《裴韻》和《唐韻》反切上字的比較

本節把《裴韻》和《唐韻》的反切上字做比較，考察《裴韻》反切上字跟《唐韻》的異同。

3.2.1 《裴韻》今傳本和《唐韻》殘卷韻、小韻的異同及其分佈

《裴韻》今傳本有 2750 個反切，存平聲 31 韻，上聲 29 韻，去聲 57 韻，入聲 32 韻，平聲和上聲殘缺，去聲和入聲完整，共四卷，全書今存 149 個韻，去聲和入聲共 89 個韻。

《唐韻》僅存去聲和入聲，去聲 47 韻，入聲 34 韻，共 81 個韻。去聲比《裴韻》少 12 個韻：凍、宋、種、絳、寘、至、志、廢、震、問、靳、嚴。比《裴韻》多分出換、過 2 韻。入聲比《裴韻》多分出術、末 2 韻。

《裴韻》翰換不分，箇過不分，質術不分，褐末不分，所以我們實際比較的對象是包括換、過、術、末在內的，《裴韻》和《唐韻》共有的 77 個韻中的反切。我們以《裴韻》的韻目為劃分標準。

表六展示《裴韻》今傳本和《唐韻》殘卷共有韻的韻目的異同，說明如下：

1、韻目順序依照《裴韻》排列。

2、韻目名稱不同的有 18 個，表中用黑體字標出。

表六：《裴韻》和《唐韻》韻目對照表

去聲		入聲	
《裴韻》	《唐韻》	《裴韻》	《唐韻》
1 凍		1 屋	1 屋
2 宋		2 沃	2 沃
3 種		3 燭	3 燭
4 絳		4 覺	4 覺

5 樣	1 漾	5 藥	5 藥
6 宕	2 宕	6 鐸	6 鐸
7 寘			
8 至			
9 志			
10 未	3 未		
11 御	4 御		
12 遇	5 遇		
13 暮	6 暮		
14 霽	7 霽		
15 祭	8 祭		
16 泰	9 泰		
17 界	10 喈		
18 夬	11 夬		
19 廢			
20 誨	12 隊		
21 代	13 代		
22 震		7 質	7 質
			8 術
		8 櫛	9 櫛
23 問		9 物	10 物
24 靳		10 訖	11 迄
25 嶝	14 嶝	11 德	12 德
26 翰	15 翰	12 褐	13 曷
	16 換		14 末
		13 點	15 點
27 慁	17 慁	14 紇	16 沒
28 恨	18 恨		
29 霰	19 霰	15 屑	17 屑
30 線	20 線	16 薛	18 薛
31 訕	21 諫	（13 點）	（13 點）
32 襇	22 襇	17 鎋	19 鎋

33 願	23 願	18 月	20 月
34 嘯	24 嘯		
35 笑	25 笑		
36 教	26 効		
37 號	27 號		
38 更	28 敬	（29 格）	（29 陌）
39 諍	29 諍	19 隔	21 麥
40 清	30 勁	（30 昔）	（30 昔）
41 暝	31 徑	20 覓	22 錫
42 箇	32 箇		
	33 過		
43 懈	34 卦		
44 禡	35 禡		
45 沁	36 沁	21 緝	23 緝
46 證	37 證	22 職	24 職
47 宥	38 宥		
48 候	39 候		
49 幼	40 幼		
50 艷	41 艷	23 葉	25 葉
51 㮇	42 㮇	24 怗	26 怗
52 醰	43 勘	25 沓	27 合
53 闞	44 闞	26 蹋	28 盍
54 陷	45 陷	27 洽	29 洽
55 覽	46 鑑	28 狎	30 狎
		29 格	31 陌
		30 昔	32 昔
56 嚴		31 業	33 業
57 梵	47 梵	32 乏	34 乏

3.2.2 《裴韻》今傳本和《唐韻》殘卷反切上字的比較

1. 《裴韻》和《唐韻》共有的 77 個韻，比較其反切上字，可分爲以下四種情況。

（一）《裴韻》有，《唐韻》未見的。一共 104 個小韻，其中 19 個小韻僅
存反切下字，反切上字殘缺，表中用[ ]表示缺上字。

序號	頁碼	韻字和反切	唐韻反切	聲母	韻和地位
1	589	閉博計		幫	霽四開
2	610	撥博末		幫	褐一合
3	597	販方珆		幫	願三合
4	598	裱必廟		幫	笑三開
5	591	貝博蓋		幫	泰一開
6	587	沸符謂		幫	未三合
7	598	迸北諍	[ ]諍	幫	諍二開
8	606	剝北角		幫	覺二開
9	597	娩芳万		滂	願三合
10	612	朏普沒		滂	紇一合
11	604	曝蒲木		並	屋一開
12	594	佣父鄧		並	嶝一開
13	597	飯符万		並	願三合
14	588	繆武付		明	遇三合
15	597	万無販		明	願三合
16	587	未無沸		明	未三合
17	611	密莫八		明	黠二開
18	618	笝竹爲		端	沓一開
19	591	帶都蓋		端	泰一開
20	611	闥他達		透	褐一開
21	591	大徒蓋		定	泰一開
22	603	喃奴紺		泥	醰一開
23	602	耨奴豆	[ ]豆	泥	**侯**一開
24	601	揕陟杆		知	沁三開
25	609	怵竹律		知	質三合
26	588	彳向下竹句		知	遇三合
27	590	鎏丑戾		徹	霽四開
28	598	鋥宅硬		澄	更二開
29	599	鄭直正		澄	清三開
30	613	吶女劣		娘	薛三合
31	608	眤尼質	[ ]質	娘	質三開
32	600	纗魯臥		來	箇一合

33	606	錄力玉	[ ]玉	來	燭三合
34	591	賴理大	[ ]蓋	來	泰一開
35	613	劣力惙	[ ]輟	來	薛三合
36	601	菻力杆		來	沁三開
37	595	爛盧旦	[ ]旰	來	翰一開
38	593	賚洛代		來	代一開
39	584	浪郎宕		來	宕一開
40	605	傶將篤	[ ]毒	精	沃一合
41	608	作則各		精	鐸一開
42	596	箭子賤	[ ]賤	精	線三開
43	606	促七玉	[ ]玉	清	燭三合
44	598	清七政	[ ]政	清	清三開
45	593	菜倉代		清	代一開
46	618	倢次接		清	葉三開
47	593	載在代		從	代一開
48	611	巀才達		從	褐一開
49	596	薦在見		從	霰四開
50	584	喪蘇浪		心	宕一開
51	608	索蘇各		心	鐸一開
52	616	蟄抵十		章	職三開
53	588	戍傷遇		書	遇三合
54	613	設式列		書	薛三開
55	613	說失熱		書	薛三合
56	597	少失召	[ ]照	書	笑三開
57	588	嬬而遇		日	遇三合
58	600	杈楚佳		初	禡二開
59	615	猎人白		初	隔二開
60	614	醉助列		崇	鎋三開
61	590	哷山芮	[ ]芮	生	祭三合
62	592	刪所界		生	夬二開
63	587	貴居謂		見	未三合
64	594	貫古段	[ ]玩	見	翰（換）一合
65	600	諛乀詐		見	禡二合
66	598	更古孟		見	更二開
67	597	建居万		見	願三開
68	607	玃居縛		見	藥三合

69	603	卥舀公暫		見	闞一開
70	614	趉古滑		見	鎋二開
71	610	莥恭屈		見	訖三合
72	606	覺古岳	[ ]嶽	見	覺二合
73	602	遘古候	[ ]候	見	候一開
74	587	繫丘畏		溪	未三合
75	618	悏苦恊	[ ]恊	溪	怗四開
76	611	渴苦割		溪	褐一開
77	597	劵去珤		溪	願三合
78	596	倦渠卷		羣	線三合
79	620	劇竒迸		羣	格三開
80	602	儑五紺	[ ]紺	疑	醰一開
81	587	魏魚貴		疑	未三合
82	597	願魚怨		疑	願三合
83	595	鰡五恨		疑	恨一開
84	598	樂五教		疑	教二開
85	616	岌魚及		疑	緝三開
86	621	瞁許役		曉	昔三開
87	598	眫許孟	[ ]更	曉	更二開
88	587	諱許貴		曉	未三合
89	592	詯戶出		匣	誨一合
90	603	鬟下鑑		匣	覽二開
91	587	胃云貴		匣	未三合
92	591	害胡蓋		匣	泰一開
93	610	颮骨王勿		匣	物三合
94	589	慧胡桂		匣	霽四合
95	614	噦乙劣		影	月三合
96	602	愔抾驗		影	豔三開
97	602	暗烏紺		影	醰一開
98	597	怨抾願		影	願三合
99	587	慰於胃		影	未三合
100	618	姶烏合		影	沓一開
101	597	堰抾建		影	願三開
102	601	鰌余救		以	宥三開
103	617	葉与涉		以	葉三開
104	596	椽以絹		以	線三合

（二）77 韻中《唐韻》有，而《裴韻》無的，共 39 個：

1. 暮韻，曉母：謼，荒故反
2. 泰韻，清母：襊，七會反
3. 慁韻，來母：論，盧困反
4. 慁韻，曉母：昏，呼困反
5. 慁韻，幫母：奔，逋悶反
6. 翰韻，泥母：攤，奴案反
7. 諫韻，生母：孿，【　】患反
8. 霰韻，曉母：汎，呼甸反
9. 霰韻，端母：殿，都甸反
10. 線韻，羊母：衍，予線反
11. 箇韻，心母：些，蘇箇反
12. 箇韻，從母：坐，徂臥反
13. 箇韻，曉母：欱，呼箇反
14. 禡韻，定母：蛇，除駕反
15. 闞韻，心母：三，蘇暫反
16. 漾韻，並母：防，【　】況反
17. 敬韻，幫母：榜，北孟反
18. 敬韻，生母：生，所敬反
19. 徑韻，來母：零，郎定反
20. 豔韻，昌母：韂，昌豔反
21. 豔韻，從母：潛，慈豔反
22. 證韻，常母：丞，常證反
23. 證韻，並母：憑，皮瀰反
24. 證韻，疑母：凝，牛瀰反
25. 證韻，羣母：殑，其瀰反
26. 沃韻，幫母：襮，博沃反
27. 質韻，見母：暨，居乙反
28. 末韻，從母：柮，藏活反
29. 鎋韻，曉母：聒，荒刮反

30. 薛韻，昌母：掣，昌列反

31. 薛韻，常母：折，常徹反

32. 薛韻，羊母：拽，羊列反

33. 陌韻，並母：欂，弼戟反

34. 洽韻，疑母：睚，五夾反

35. 緝韻，泥母：喦，尼立反

36. 緝韻，初母：届，初戢反

37. 緝韻，昌母：胂，昌汁反

38. 職韻，昌母：瀷，昌力反

39. 德韻，見母：祴，古得反

（三）《裴韻》、《唐韻》共有的小韻有 1281 個，其中 1031 個小韻反切上字相同。

分別是幫母 28 個，滂母 32 個，並母 26 個，明母 37 個，端母 27 個，透母 26 個，定母 31 個，泥母 21 個，來母 30 個，知母 23 個，徹母 23 個，澄母 17 個，娘母 15 個，精母 38 個，清母 28 個，從母 26 個，心母 37 個，邪母 5 個，莊母 16 個，初母 21 個，崇母 13 個，、生母 27 個，章母 18 個，昌母 10 個，、船母 9 個，書母 13 個，常母 10 個，日母 12 個，見母 82 個，溪母 63 個，羣母 21 個，疑母 51 個，曉母 63 個34，匣母 59 個，影母 62 個，以母 15 個。

（四）《裴韻》和《唐韻》反切上字不同的小韻，共 250 個，其中讀音相同的 207 個，讀音不同的 43 個，下面分這兩種情況羅列說明。

1、反切上字不同，但屬於同一個聲類，讀音相同的小韻，共 207 個。

1）幫 14 個

幫	更三合	禡二開	箇一合	屋一開	漾三合	質三開	薛三開
《裴韻》	柄鄙病	霸博駕	簸布貨	卜博木	放府妄	必甲吉	箭變別
《唐韻》	柄陂病	霸必駕	簸補過	卜博木	放甫妄	必卑吉	箭方列

幫	宕一開	宥三開	效二開	清三開	遇三合
《裴韻》	謗補浪	富府副	豹博教	摒畢政	付府遇
《唐韻》	謗甫曠	富方副	豹北教	摒卑政	付方遇

2）滂 9 個

滂	屑四開	誨一合	物三合	屑四開	鐸一開
《裴韻》	擎怖結	配普佩	被孚勿	瞥匹列	頛叵各
《唐韻》	擎普篾	配滂佩	被敷物	瞥普篾	頛匹各

滂	隔三合	禡二開	漾三合	梵三合
《裴韻》	怖匹伐	妑芳霸	訪芳向	泛敷梵
《唐韻》	怖怫伐	妑普駕	訪敷亮	泛孚梵

3）並母 20 個

並	職三開	覺二開	燭三合	襉二開	隔二開
《裴韻》	愎符逼	雹蒲角	幞房玉	辦薄莧	繀蒲革
《唐韻》	愎苻逼	雹蒲角	襮旁玉	辦蒲莧	繀蒲革

並	更三合	沃一合	覓四開	覽二開	界二開
《裴韻》	病被敬	仆蒲沃	甓蒲歷	埿蒲鑑	憊蒲界
《唐韻》	病皮命	僕蒲沃	甓扶歷	埿蒲鑑	憊蒱拜

並	誨一合	禡二開	屑四開	質三開	恩一合
《裴韻》	佩薄背	杷琶駕	蟞蒲結	弼旁律	坌盆悶
《唐韻》	佩蒲昧	杷白駕	蟞蒲結	弼房密	坌蒱悶

並	昔三合	藥三合	褐一合	霽四開	黠二開
《裴韻》	擗房益	縛苻玃	跋蒱撥	薜蒱計	拔蒲八
《唐韻》	擗旁益	縛符玃	跋蒲撥	薜蒲計	拔蒲八

4）明母 9 個

明	覺二開	襉二開	質三開	物三合	鐸一合
《裴韻》	邈摸角	萳莫莧	蜜民必	物無弗	莫暮各
《唐韻》	邈莫角	萳亡莧	蜜弥畢	物文弗	莫慕各

明	清三開	質三開	訕二開	遇三合
《裴韻》	詺武鉶	密美筆	慢莫晏	務武遇
《唐韻》	詺弥正	密美筆	慢謀晏	務亡遇

5）端母 3 個

端	翰一合	翰一開	候一開
《裴韻》	鍛都亂	旦丹按	鬭丁豆
《唐韻》	鍛丁貫	旦得肝	鬭都豆

6）透母 3 個

透	霰四開	箇一合	翰一合
《裴韻》	瑱天見	唾託臥	彖他亂
《唐韻》	瑱他佃	唾湯臥	彖通亂

7）定母 3 個

定	霰四開	宕一開	暝四開
《裴韻》	電堂見	宕杜浪	定特徑
《唐韻》	電唐練	宕徒浪	定徒徑

8）泥母 5 個

泥	暮一合	紇一合	霽四開	翰一合	代一開
《裴韻》	笯乃故	訥諾骨	濘泥戾	偄乃亂	耐乃代
《唐韻》	笯奴故	訥奴骨	濘奴計	偄奴亂	耐奴代

9）來母 12 個

來	霽四開	遇三合	號一開	職三開	覓四開	宥三開
《裴韻》	麗魯帝	屢李遇	嫪盧到	力良直	靂閭激	溜六救
《唐韻》	麗郎計	屢良遇	嫪郎到	力林直	靂郎擊	溜力究

來	薛三開	箇一開	御三開	霰四開	翰一合	褐一合
《裴韻》	列呂薛	邏盧箇	慮力攄	練洛見	亂洛段	捋盧活
《唐韻》	列良薛	邏郎左	慮良擄	練郎甸	亂郎段	捋郎括

10）知母 1 個

知	漾三開
《裴韻》	帳陟亮
《唐韻》	帳知[ ]

11）徹母 2 個

徹	薛三合	燭三合
《裴韻》	𪔀丑劣	亍勑録
《唐韻》	𪔀勑列	亍丑玉

12）澄母 3 個

澄	證三開	笑三開	御三開
《裴韻》	眙丈證	召持笑	箸治擄
《唐韻》	眙直證	召直少	箸遲倨

13）日母 2 個

日	御三開	漾三開
《裴韻》	泇而擄	讓如仗
《唐韻》	泇人庶	讓人樣

14）精母 7 個

精	沁三開	御三開	醰一開	昔三開	箇一開	紇一合	泰一合
《裴韻》	祲作鴆	怚子擄	篸作紺	積咨昔	佐作箇	卒則沒	最作會
《唐韻》	祲子鴆	怚將預	篸祖紺	積資昔	佐則箇	卒儁沒	最租外

15）清母 6 個

清	屋三開	褐一合	恩一合	質三合	禡三開	霰四開
《裴韻》	鼀取育	撮七活	寸七困	焌千恤	笡淺謝	蒨千見
《唐韻》	鼀七宿	撮倉括	寸倉困	焌倉律	笡遷謝	蒨倉甸

16）從母 6 個

從	線三開	㮇四開	泰一合	質三合	覓四開	闞一開
《裴韻》	賤在線	暫潛念	蕞在外	崒聚䣭	寂昨歷	暫慙濫
《唐韻》	賤才線	暫漸念	蕞才外	崒慈䣭	寂前歷	暫藏濫

17）心母 7 個

心	紇一合	沓一開	暮一合	緝三開	禡三開	屋一開	宥三開
《裴韻》	窣蘇沒	趿蘇合	謑蘇故	霫心緝	蝑思夜	速送谷	秀先救
《唐韻》	窣蘇骨	趿蘇合	謑桑故	霫先立	蝑司夜	速桑谷	秀息救

18）邪母 2 個

邪	禡三開	祭三合
《裴韻》	謝似夜	篲囚歲
《唐韻》	謝辞夜	篲祥歲

19）莊母 3 個

莊	陷二開	御三開	洽二開
《裴韻》	蘸滓陷	詛側攄	眨阻洽
《唐韻》	蘸莊陷	詛莊助	眨側洽

20）初母 4 個

初	格二開	汕二合	隔二開	遇三合
《裴韻》	柵惻戟	篡楚患	策惻革	敢芻注
《唐韻》	柵測戟	篡初患	策楚責	敢芻注

21）崇母 1 個

崇	御三開
《裴韻》	助鋤攄
《唐韻》	助床據

22）章母 3 個

章	祭三開	御三開	沁三開
《裴韻》	制職例	矗之攄	枕職驗
《唐韻》	制征例	矗章恕	枕之任

23）昌母 5 個

昌	漾三開	藥三開	證三開	宥三開	線三開
《裴韻》	唱昌亮	綽虜灼	稱蚩證	臭鴟救	硟尺戰
《唐韻》	唱尺亮	綽昌約	稱昌孕	臭尺救	硟昌戰

24）書母 4 個

書	艷三開	御三開	質三開	清三開
《裴韻》	閃式贍	恕式攄	失識質	聖聲正
《唐韻》	閃舒贍	恕商署	失式質	聖式正

25）常母 9 個

常	笑三開	線三合	線三開	薛三合	祭三合
《裴韻》	邵常照	捵豎釧	繕市戰	啜樹雪	啜市芮
《唐韻》	邵寔照	捵時釧	繕時戰	啜殊雪	啜嘗芮

常	艷三開	漾三開	宥三開	遇三合
《裴韻》	贍市艷	尙常亮	授承秀	樹殊遇
《唐韻》	贍時艷	尙時亮	授承呪	樹常句

26）見母 7 個

見	屋三開	霰四開	宥三開	鐸一合	㮇四開	遇三合	漾三合
《裴韻》	菊舉六	見堅電	救久祐	郭古博	趁絕念	屨俱遇	誑九妄
《唐韻》	菊居竹	見古電	救居祐	郭吉博	趁紀念	屨九遇	誑居況

27）溪母 11 個

溪	覓四開	燭三合	屋三開	支二合	線三開
《裴韻》	燩去激	曲起玉	麹匊丘竹	邁苦話	譴遣戰
《唐韻》	燩苦擊	曲丘玉	麹匊駈菊	邁莫話	譴去戰

溪	薛三開	界二開	禡二開	清四開	更三開	御三開
《裴韻》	揭去竭	炫客界	髂口訝	謦起政	慶綺映	故卻攄
《唐韻》	揭丘竭	炫苦戒	髂枯駕	謦墟正	慶丘敬	故丘[ ]

28）疑母 7 個

疑	艷三開	燭三合	遇三合	祭三開	霰四開	漾三開	御三開
《裴韻》	莢語韵	玉語欲	遇虞樹	劓義例	硯五見	䡾語向	御魚攄
《唐韻》	莢魚韵	玉魚欲	遇牛具	劓牛例	硯吾甸	䡾魚向	御牛據

29）曉母 10 個

曉	質三開	懈二開	願三合	泰一合	清三合
《裴韻》	肸許乙	譺許懈	楥許勸	譮虎外	夐虛政
《唐韻》	肸義乙	譺火懈	楥虛願	譮呼會	夐休正

曉	鐸一開	泰一開	霽四合	禡二合	鐸一合
《裴韻》	臛呵各	餀海蓋	嘒虎惠	化霍霸	㷖虖郭
《唐韻》	臛呼各	餀呼艾	嘒呼惠	化呼霸	㷖虛郭

30）匣母 11 個

匣	界二開	覃一開	箇一開	覺二開	暝四開	恨一開
《裴韻》	械戶屆	憾下紺	賀何箇	學戶角	脛戶定	恨戶艮
《唐韻》	械胡介	憾胡紺	賀胡箇	學胡角	脛胡定	恨胡艮

匣	霰四開	宥三開	葉三開	遇三合	祭三合
《裴韻》	現戶見	宥尤救	曄云輒	芋羽遇	衛羽歲
《唐韻》	現胡甸	宥丁救	曄筠輒	芋王遇	衛于劌

31）影母 16 個

影	教二開	禡二開	宕一開	諍二開	候一開	緝三開	御三開	紇一合
《裴韻》	勒一豹	亞烏駕	盎阿浪	櫻拎諍	漚拎候	邑英及	飫拎攄	欯一骨
《唐韻》	勒於教	亞衣嫁	盎烏浪	櫻鷖迸	漚烏候	邑於汲	飫衣倨	欯烏沒

影	隔二開	屑四合	月三合	藥三開	霰四開	質三開	支二開	屋三開
《裴韻》	厄烏革	抉拎穴	嬰拎月	約拎略	宴烏見	一憶質	喝拎界	郁拎六
《唐韻》	厄於革	抉於決	嬰於月	約於略	宴於甸	一於悉	喝於芥	郁於六

32）以母 4 個

以	禡三開	屋三開	御三開	薛三合
《裴韻》	夜以射	育与逐	豫余攄	悅翼雪
《唐韻》	夜羊謝	育余六	豫羊洳	悅弋雪

2、《裴韻》和《唐韻》反切上字不同，其聲類也不相同的小韻，共43個，如下：

	幫誨一合	滂遇三合	並月三合	明線三開
《裴韻》	背補配	赴撫遇	伐房越	面弥便
《唐韻》	背蒲妹	赴方遇	伐戶越	面引箭

	端霽四開	定紇一合	定襇二開	泥教二開	泥沁三開	來艷三開
《裴韻》	帝都計	突陡骨	袒大莧	橈奴效	妊女驗	殮力驗
《唐韻》	帝許計	突他骨	袒丈莧	橈又教	妊汝驗	殮七艷

	知覺二開	知御三開	徹艷三開	澄薛三開	澄狎二開	娘御三開	日緝三開
《裴韻》	斮丁角	著張慮	覘勒艷	掇峙絕	渫大甲	女乃攄	入尒執
《唐韻》	斮竹角	著所慮	覘力驗	掇專絕	渫文甲	女尼據	入又執

	精代一開	精褐一開	精箇一合	精號一開	精葉三開
《裴韻》	載作代	鬞子末	挫側臥	竈側到	接紫葉
《唐韻》	載才代	鬞妹末	挫則臥	竈則到	接即葉

	清祭三合	清緝三開	清泰一開	從恩一合
《裴韻》	毳此芮	緝七入	蔡七大	鐏存困
《唐韻》	毳昌芮	緝人入	蔡食大	鐏祖悶

	莊屋三開	莊沁三開	莊沁三開	莊覺二開
《裴韻》	縬側六	譖側讖	讖側譖	娕側角
《唐韻》	縬則六	譖疾蔭	讖楚譖	娕測角

	章艷三開	章遇三合	昌櫛三開	書職三開	常緝三開
《裴韻》	占將艷	驅主遇	叱齒日	識聲職	十是執
《唐韻》	占章艷	驅匡遇	叱呂栗	識常寔	十楚執

	見薛三開	見緝三開	溪嘯四開	溪笑三開
《裴韻》	羇嬌劣	急居立	竅苦弔	趬丘召
《唐韻》	羇涉列	急苦立	竅古弔	趬五召

	曉訖三開	匣霰四合	匣願三合	影月三開
《裴韻》	鞧許訖	縣玄絢	遠居願	謁拎歇
《唐韻》	鞧詩訖	縣莫練	遠于願	謁許歇

3.2.3　《裴韻》今傳本和《唐韻》殘卷反切上字的用字情形之比較

下面以聲母爲綱，列表展示《裴韻》今傳本和《唐韻》殘卷共有韻和小韻的反切上字的用字情形，統計反切上字的使用次數，進行比較。

表六：《裴韻》今傳本和《唐韻》殘卷共有韻和小韻的反切上字用字比較表

	《裴韻》	《唐韻》
幫	18 個切上字／40 個小韻／2 個聲類	15 個切上字／40 個小韻／2 個聲類
	北 1　逋 1　博 1／博 10　補 3　布 1　彼 2　百 1　並 1／必 2　卑 1　方 7　封 1　府 3　鄙 2　變 1　畢 1　分 1	北 2　逋 1　博 9　補 2　百 1　彼 2　陂 1　並 1／必 3　卑 2　方 11　封 1　甫 2　鄙 1　分 1
滂	9 個切上字／42 個小韻／2 個聲類	8 個切上字／41 個小韻／2 個聲類
	普 18　怖 1／譬 1　叵 1　匹 10　芳 6　撫 1　孚 1　敷 3	普 19　滂 1／譬 1　匹 10　怖 1　芳 4　敷 4　孚 1
並	16 個切上字／47 個小韻／2 個聲類	14 個切上字／47 個小韻／2 個聲類
	薄 6　蒲 12／蒲 1　傍 4　琶 1　旁 1／扶 4　符 3／苻 1　被 1　房 5　防 2　盆 1　皮 1　毗 3　憑 1	薄 4　傍 4　旁 2　蒲 9　蒲 7／扶 5　符 3　苻 1　房 3　防 2　皮 2　白 1　憑 1　毗 3
明	12 個切上字／47 個小韻／2 個聲類	12 個切上字／49 個小韻／2 個聲類
	莫 30　暮 1　摸 1／武 4　無 1　望 1　亡 1　民 1　靡 1　弥 3　美 1　眉 2	莫 29　慕 2　模 1　謀 1／美 1　武 2　亡 3　望 1　弥 4　眉 2　文 2　靡 1

端	6 個切上字 / 34 個小韻 / 1 個聲類	7 個切上字 / 33 個小韻 / 1 個聲類
	都 14　當 3　丁 12　冬 1　多 3　丹 1	多 3　得 1　都 12　當 3　冬 1　丁 12　覩 1
透	5 個切上字 / 29 個小韻 / 1 個聲類	4 個切上字 / 30 個小韻 / 1 個聲類
	他 24　天 1　吐 2　託 1　湯 1	他 25　通 1　吐 2　湯 2
定	7 個切上字 / 36 個小韻 / 1 個聲類	5 個切上字 / 33 個小韻 / 1 個聲類
	徒 25　大 2 杜 3　唐 1　堂 1　特 2 陁 2	徒 27　唐 2 杜 2　特 1　陁 1
泥	5 個切上字 / 27 個小韻 / 1 個聲類	3 個切上字 / 25 個小韻 / 1 個聲類
	奴 15　內 1　那　乃 9　泥 1　諾 1	奴 19　乃 5　內 1
知	7 個切上字 / 23 個小韻 / 1 個聲類	7 個切上字 / 24 個小韻 / 1 個聲類
	陟 15　竹 3　張 2　知 1 中　豬 1　直 1	知 2　直 1　張 2 中 1　豬 1　竹 5　陟 12
徹	4 個切上字 / 26 個小韻 / 1 個聲類	3 個切上字 / 23 個小韻 / 1 個聲類
	丑 21　勅 3　恥 1　褚 1	丑 20　敕 2　褚 1
澄	8 個切上字 / 21 個小韻 / 1 個聲類	7 個切上字 / 21 個小韻 / 1 個聲類
	直 13　持 2 除 1　丈 1　治 1　峙 1　佇 1 場 1（塲）	直 15　佇 1　除 1　丈 1　持 1　塲 1 遲 1
娘	2 個切上字 / 16 個小韻 / 1 個聲類	2 個切上字 / 16 個小韻 / 1 個聲類
	女 15　尼 1	尼 2 女 14
來	14 個切上字 / 43 個小韻 / 1 個聲類	12 個切上字 / 41 個小韻 / 1 個聲類
	盧 15　郎 1　勒 1　離 1　李 1　里 1 力 11　練 1　良 2 六 1　魯 1　閭 1　呂 3　洛 3	洛 1　勒 1　盧 10　練 1　郎 8　魯 1 呂 2　力 11　林 1　里 1　良 4　離 1
精	7 個切上字 / 46 個小韻 / 2 個聲類	10 個切上字 / 49 個小韻 / 2 個聲類
	子 24　姊 2　咨 1 / 資 1　將 1 / 作 7 則 10	子 23　祖 2　租 1　則 8　將 1　資 2　即 6 / 作 2　儁 1　姊 3
清	9 個切上字 / 36 個小韻 / 2 個聲類	6 個切上字 / 34 個小韻 / 2 個聲類
	倉 4　麁 2　千 5 / 親 1　七 21　此 1 次　取 1　淺 1	倉 9　麁 2　千 3 / 親 1　七 18　遷 1
從	12 個切上字 / 33 個小韻 / 2 個聲類	11 個切上字 / 34 個小韻 / 2 個聲類
	昨 7　徂 3　憔 1　在 7　才 3 / 秦 3 疾 4　聚 1　慈 1　存 1　情 1　潛 1	昨 6　在 5　徂 3　才 6　藏 1 / 秦 3 疾 5　慈 2　漸 1　前 1　情 1
心	14 個切上字 / 89 個小韻 / 1 個聲類	14 個切上字 / 89 個小韻 / 1 個聲類
	息 8　薦 / 蘇 13　先 7　桑 1　素　速 斯 骨 私 5　思 1　雖　相 4　送 1　辛 1 心 1　紫 1	先 7　薦 15　桑 3　辛 1　司 1　私 5 相 4　息 8

邪	4 個切上字／7 個小韻／1 個聲類	4 個切上字／7 個小韻／1 個聲類
	詳 1　似 4　囚 1　辝 1	似 3　辝 1　辥 1　祥 2
莊	3 個切上字／25 個小韻／1 個聲類	3 個切上字／19 個小韻／1 個聲類
	側 20　滓 1　阻 4	側 14　阻 3　莊 2
初	7 個切上字／25 個小韻／1 個聲類	7 個切上字／28 個小韻／1 個聲類
	初 12　楚 7　測 2　芻 1　又 1　廁 1　丑 1	初 13　楚 9　廁 1　又 1　丑 1　測 2　蒭 1
崇	2 個切上字／14 個小韻／1 個聲類	3 個切上字／14 個小韻／1 個聲類
	士 9　鋤 5	士 9　鋤 4　床 1
生	3 個切上字／26 個小韻／1 個聲類	3 個切上字／27 個小韻／1 個聲類
	所 21　山 3　色 2	所 22　色 2　山 3
章	6 個切上字／23 個小韻／1 個聲類	8 個切上字／24 個小韻／1 個聲類
	之 16　職 3　䜴 1　諸 1　旨 1　主 1	之 16　職 1　䜴 1　旨 1　諸 1　征 1　章 2　專 1
昌	8 個切上字／16 個小韻／1 個聲類	4 個切上字／17 個小韻／1 個聲類
	昌 5　處 1　尺 5　叱 1　充 1　鴟 1　齒 1　蟲 1	昌 9　尺 6　叱 1　充 1
常	9 個切上字／19 個小韻／1 個聲類	8 個切上字／20 個小韻／1 個聲類
	常 5　時 2　是 1　市 5　承 1　承 1　殊 2　豎 1　樹 1	常 5　嘗 1　寔 1　承 2　市 2　時 6　殊 2　涉 1
書	9 個切上字／18 個小韻／1 個聲類	8 個切上字／18 個小韻／1 個聲類
	書 3　式 5　識 1　詩 1　舒 3　失 1　施 1　聲 2　始 1	書 3　失 1　施 1　式 5　舒 4　商 1　詩 2　始 1
船	4 個切上字／9 個小韻／1 個聲類	4 個切上字／10 個小韻／1 個聲類
	食 3　實 1　乘 1　神 4	食 4　乘 1　實 1　神 4
日	4 個切上字／16 個小韻／1 個聲類	4 個切上字／17 個小韻／1 個聲類
	而 8　如 4　人 3　尔 1	而 7　如 3　汝 1　人 6
見	14 個切上字／91 個小韻／2 個聲類	9 個切上字／88 個小韻／2 個聲類
	居 21　舉 1　九 2　久 1　几 1　紀 2　嬌 1　俱 1／古 56　剛 1　堅 1　姑 1　格 1　絕 1	居 21　九 2　紀 3　几 1　吉 1／古 57　姑 1　格 1　剛 1
溪	14 個切上字／74 個小韻／2 個聲類	13 個切上字／73 個小韻／2 個聲類
	去 11　遣 1　傾 1　起 3　丘 6　綺 2／苦 38　客 1　口 6　恪 1　枯 1　空 1　區 1　卻 1	去 10　駈 1　丘 8　傾 1　區 1　墟 1　起 1／苦 39　口 5　枯 2　恪 1　空 1　匡 1　弃 1

羣	4 個切上字 / 22 個小韻 / 1 個聲類	4 個切上字 / 22 個小韻 / 1 個聲類
	渠 8 巨 3 其 10 衢 1	渠 7 巨 3 其 11 衢 1
疑	8 個切上字 / 57 個小韻 / 2 個聲類	7 個切上字 / 58 個小韻 / 2 個聲類
	五 35 吾 2 / 魚 12 語 3 宜 1 牛 1 義 2 虞 1	五 35 吾 2 吳 1 / 魚 14 牛 4 宜 1 義 1
曉	12 個切上字 / 74 個小韻 / 2 個聲類	11 個切上字 / 74 個小韻 / 2 個聲類
	呼 23 虎 5 火 4 荒 1 霍 1 呵 1 血 1 / 虛 4 香 1 許 31 況 1 海 1	呼 27 荒 1 火 4 虎 2 血 1 / 虛 5 香 1 況 1 義 1 許 30 休 1
匣	14 個切上字 / 74 個小韻 / 2 個聲類	11 個切上字 / 76 個小韻 / 2 個聲類
	胡 38 戶 9 下 9 為 2 侯 2 何 1 黃 1 / 王 3 于 3 榮 1 云 1 玄 1 尤 1 羽 2	胡 45 戶 5 侯 2 黃 1 下 8 筠 1 王 4 于 5 為 2 / 榮 1 又 2
影	12 個切上字 / 80 個小韻	12 個切上字 / 80 個小韻
	烏 32 阿 1 愛 1 恩 1 一 3 / 於 32 乙 2 紆 2 伊 3 憂 1 憶 1 英 1	烏 33 愛 1 恩 1 一 1 / 於 33 乙 2 伊 3 憂 1 紆 1 迂 1 衣 2 驚 1
以	8 個切上字 / 17 個小韻	9 個切上字 / 19 個小韻
	夷 1 以 5 羊 2 翼 1 余 2 餘 3 與 2 營 1	夷 1 以 4 羊 4 弋 2 余 2 餘 3 與 1 營 1 引 1

3.2.4 《裴韻》今傳本反切上字跟《唐韻》殘卷的異同

表六展示了《裴韻》今傳本反切上字跟《唐韻》殘卷共有韻和小韻的反切上字異同情形。跟表五展示的《裴韻》今傳本反切上字跟《王三》的異同情形類似，也有三點：

1. 同一個聲母，《裴韻》今傳本反切上字跟《唐韻》殘卷互有同異。如以母《裴韻》反切上字跟《唐韻》相同的有 7 個：夷、以、羊、翼、余、餘、與、營。《裴韻》比《唐韻》多出 1 個反切上字：翼。《唐韻》比《裴韻》多出 2 個反切上字：弋、引。總的看來，兩書所用的反切上字多數相同。反切上字不同，其聲類也不相同的小韻，共 43 個，可以看做是《裴韻》與《唐韻》不同的時音的反映。

2. 同一個聲母所用的反切上字字數有所不同，多數情況下，《裴韻》所用的反切上字字數比《唐韻》多。如並母的反切上字，《裴韻》用了 16 個，而《唐韻》用了 14 個。也有《裴韻》所用的反切上字字數比《唐韻》少或字數相同的情形，如章母的反切上字，《裴韻》用了 6 個，而《唐韻》用了 8 個。船母兩書都用了 4 個相同的反切上字。

3. 同一個反切上字，兩書所管的小韻個數不同，即反切上字所用的次數不同，多數情況下，《裴韻》反切上字所管的小韻反切數比《唐韻》多。如《裴韻》疑母用了 8 個切上字，管 57 個小韻，而《唐韻》用了 7 個切上字，管 58 個小韻。也有《裴韻》反切上字所管的小韻反切數比《唐韻》少或者相同的情形，如《裴韻》端母用了 6 個切上字管 34 個小韻，而《唐韻》用 7 個切上字管 33 個小韻。群母兩書都用 4 個相同的切上字管 22 個小韻。

3.3　《裴韻》反切上字的特點

　　《裴韻》反切上字的特點，體現在兩個方面：一是反切上字的用字特點，通過跟同時期《王三》和《唐韻》的比較展示出來。二是《裴韻》反切上字所體現的時音特點，通過跟《切韻》聲母的比較體現出來。我們之所以選擇《王三》和《唐韻》作比較對象，主要有兩個原因，一是刊刻時間接近，所屬類型卻不同；〔註1〕二是跟其他《切韻》系韻書相比，所存內容相對集中，性質確定，便於比較。

3.3.1　《裴韻》反切上字的用字特點

　　跟《王三》和《唐韻》相比，《裴韻》反切上字的用字特點有：

　　（1）反切上字嚴密有序，自成系統。

　　《裴韻》的反切上字用字跟《王三》和《唐韻》相同的很多，說明它的反切跟《王三》和《唐韻》有共同來源，都來自同一部《切韻》，反映了《切韻》系韻書反切用字的繼承性。《裴韻》今傳本有 2750 個反切，有 427 個反切上字，這 427 個反切上字運用特定的方法，可以整理為 51 個聲類，每個聲類的反切上字用字界限分明，每個確定的反切上字都屬於確定的聲類，有條不紊。如果我們承認《王三》和《唐韻》的反切上字是嚴密有序的用字系統，那麼經過前兩節的詳細比較，我們不難肯定《裴韻》的上字也是嚴密有序的用字系統。

　　（2）反切上字用字固定，字數跟《王三》和《唐韻》相差不多。除了跟《王三》和《唐韻》用字相同的反切上字外，還有一批獨特的反切上字用字，反映了《裴韻》反切用字的創新性。

〔註1〕參看周祖謨《唐五代韻書集存》的韻書分類，中華書局 1983 年。

（3）尤其是重紐反切的上字，反切上字跟被切字形成嚴密的「類相關」關係，詳細內容見第七章。

（4）跟《王三》一樣，《裴韻》也有少數的「類隔」切，舉例如下：

（a）脣音類隔例：

多是滂敷類隔，如：

賵，橅諷反，敷母，湅韻。反切上字橅，滂母。重脣切輕脣。

瞥，芳滅反，滂母，薛韻。反切上字芳，敷母。輕脣切重脣。

堛，芳逼反，滂母，職韻。反切上字芳，敷母。輕脣切重脣。

僻，芳辟反，滂母，昔韻。反切上字芳，敷母。輕脣切重脣。

（b）舌音類隔例：

多是端、知類隔，如：

被切字長，丁丈反，知母，反切上字丁，端母。

被切字纇，丁反，知母，反切上字丁，端母

被切字貯，丁呂反，知母，反切上字丁，端母。

被切字孱，著丁反，知母，反切上字著，張慮反，知母。

3.3.2 《裴韻》反切上字所體現的時音特點

所謂時音，指當時的實際語音。《裴韻》少數反切上字，反映了當時的實際語音的變化，其類別跟《王三》和《唐韻》不同。這也體現了《裴韻》反切用字的創新性。《裴韻》的作者根據時音，大膽改動了一部分反切上字的讀音，爲中古語音史提供了寶貴材料。如：

分，扶問反，被切字是幫母字，反切上字扶是並母字，幫並清濁混切。

沸，符謂反，被切字是幫母字，反切上字符是並母字，幫並清濁混切。

邲，毗必反，被切字是幫母字。反切上字毗是並母字，幫並清濁混切。

骭，下晏反，被切字是影母字，反切上字下是匣母字，影匣清濁混切。